AF588652

F. JANET

LA POUPÉE PARLANTE

LIBRAIRIE LOUIS JANET
MAGNIN BLANCHARD & C.ie
Rue Honoré-Chevalier, N°3.

PARIS

LA
POUPÉE PARLANTE

Paris. — Imprimé chez Bonaventure et Ducessois, quai des Augustins, 55.

Tous droits réservés.

Dessins de Janet Lange et Gustave Janet. Imp. Auguste Bry, Paris. Lith. par Sorrieu.

Arrêté à chaque instant par de nouvelles difficultés.

LA

POUPÉE PARLANTE

BIBLIOTHÈQUE IMPÉRIALE IMPR.

HISTOIRE EXTRAORDINAIRE ET INCROYABLE

D'UNE POUPÉE

QUI PARLE, AGIT, PENSE, CHANTE ET DANSE

PAR

FRANÇOIS JANET

DESSINS DE MM. JANET-LANGE ET GUSTAVE JANET

LITHOGRAPHIÉS PAR M. SORRIEU.

PARIS

MAGNIN, BLANCHARD ET Cie, ÉDITEURS

LIBRAIRIE LOUIS JANET

3, RUE HONORÉ-CHEVALIER, 3.

1862

LA

POUPÉE PARLANTE

Dans la chambre à coucher de madame de Verteuil se trouvait une armoire vitrée, dans laquelle on apercevait, sur une tablette, une grande poupée couchée nonchalamment. Elle était enveloppée d'une mousseline qui la cachait en grande partie; car on ne voyait que sa jolie tête, dont les yeux étaient fermés, et deux charmants petits pieds parfaitement chaussés.

Les deux jeunes filles de madame de Verteuil (Adèle et Marie) avaient souvent demandé à leur mère cette belle poupée. Cette dame avait toujours refusé de satisfaire ce désir, en leur disant que cette poupée était prisonnière pour des causes qu'elle leur expliquerait plus tard.—Je n'en puis disposer en votre faveur que le jour encore éloigné de sa délivrance. Il est donc inutile de m'importuner à ce sujet. Il fallut bien qu'elles attendissent ce jour bienheureux. Le temps paraît long à la jeunesse qui désire; mais, comme il marche toujours, le moment tant désiré arrive, et l'on oublie facilement tout l'ennui que l'attente a causé.

Une après-dînée, au moment où les deux sœurs s'y attendaient le moins, madame de Verteuil les prend par la main, les conduit dans sa chambre à coucher, va droit à l'armoire, l'ouvre, en retire avec précaution la jolie poupée, la place sur un siége, lui découvre l'épaule, et introduit, dans un petit trou imperceptible, une clef, à laquelle elle fait faire vingt tours, puis enlève la mousseline qui l'enveloppe. Ses filles sont muettes d'admiration en voyant la poupée si belle, vêtue d'un charmant costume allemand.

MADAME DE VERTEUIL.

Eh bien! mes enfants, comment trouvez-vous cette poupée?

ADÈLE.

Si belle! si belle! chère maman, que je ne puis me lasser de l'admirer.

MARIE.

Et moi, je la trouve si jolie, que je crains de l'aimer presque autant que ma grande sœur.

MADAME DE VERTEUIL.

Son histoire, que vous allez entendre, vous fera connaître toutes ses qualités. Asseyez-vous donc, et prêtez-moi votre attention :

« Vous savez que c'est en Allemagne qu'on fait les plus beaux joujoux; mais c'est particulièrement à Nuremberg que se fabriquent ces jolies poupées à ressorts qui sont admirées partout et qui font la joie de toutes les jeunes filles. Un mécanicien français, réfugié et ancien élève du Conservatoire des arts et métiers de Paris, s'était établi à Nuremberg pour y exercer sa profession; il s'appliqua particulièrement à la fabrication des poupées à ressorts et devint bientôt plus habile que ses confrères. Tout ce qu'il exécutait s'enlevait si rapidement qu'il ne pouvait suffire aux demandes. Cet homme habile, qui aimait son art avec passion, cher-

NOUVELLE ANIMATION DE LA POUPÉE

Dessins de Janet Lange et Gustave Janet | Imp. Auguste Bry, Paris | Lith. par Sorrieu

BIBLIO... IMPR. ...

Comment trouvez-vous cette Poupée ?

chait constamment de nouveaux perfectionnements. Comme il avait toujours eu le bonheur de réussir dans ses tentatives, il eut la présomption de croire que rien ne lui était impossible, et, chose qu'on aura peine à croire, il prit un jour la résolution de fabriquer une poupée qui eût la faculté de parler! »

ADÈLE.

La faculté de parler! Mais cet homme était fou!

MADAME DE VERTEUIL.

« C'est ce que tout le monde disait dans la ville, lorsque son projet fut connu. Ses amis cherchèrent à le dissuader; mais il tint bon, et devint alors le but des plaisanteries de tous les habitants. Afin d'y mettre un terme, il cessa de parler de son projet; chacun crut qu'il y avait renoncé. Loin de là, il commença mystérieusement son œuvre. Ce qu'il fallut, à cet homme, de courage et d'énergie est inimaginable : assidu jour et nuit à son travail, cherchant mille combinaisons dans les moindres détails du mécanisme, qui ne répondaient pas toujours à ses calculs, il ne se rebutait point. Arrêté à chaque instant par de nouvelles difficultés, rien ne lassait sa patience, et il continuait son œuvre avec la ferme conviction qu'il réussirait. Sa persévérance finit par être couronnée de succès. Ce projet, trouvé si fou, si extravagant, si impossible, était enfin réalisé! L'habile artiste avait créé la POUPÉE PARLANTE!!! »

ADÈLE.

Pardon, chère maman, si je t'interromps; mais je t'assure que si une autre personne me racontait cette histoire, je n'en croirais pas un seul mot.

MADAME DE VERTEUIL.

Je t'excuse, mon enfant, car elle est si extraordinaire qu'il faut, comme moi, avoir vu et entendu parler cette poupée pour le croire.

MARIE.

C'est donc bien vrai que cette jolie poupée parle? Oh! je t'en prie, ma chère petite maman, fais-lui dire quelque chose.

MADAME DE VERTEUIL.

Patience, petite Marie; je continue :

« Mon père, M. de Clermont, grand amateur de curiosités, était, à cette époque, consul à Hambourg. Ayant obtenu un congé, il en profita pour visiter l'Allemagne, et arriva justement à Nuremberg au moment où il n'était question dans la ville que de la Poupée parlante. Mon père était trop amateur pour rester indifférent à cette nouvelle. Il se fit conduire immédiatement chez l'artiste qui faisait tant de bruit. Émerveillé à la vue de son chef-d'œuvre, il offrit un esomme si élevée à ce savant mécanicien qu'il devint l'heureux possesseur de cette poupée sans pareille. Enchanté de son acquisition, il s'empressa de terminer son voyage, tant il avait hâte de faire admirer à sa famille et à ses amis ce précieux trésor.

« Ma mère fut dans un étonnement inexprimable; quant à moi, mes chers enfants, je vous laisse à penser ce que je devins, quand cette charmante poupée me dit : « Bonjour, ma chère Clémence; m'aimeras-tu bien? » Je fus prise d'une joie si délirante, que l'on craignit pendant quelques jours que je devinsse folle; c'est avec beaucoup de peine qu'on parvint à me calmer; mais alors je fus saisie du désir le plus vif de posséder, seule, cette merveilleuse poupée. Mon père me la refusa net; mais je le tourmentai tant, je lui fis tant de caresses, qu'il finit par céder à mon désir, comme font tous les pères qui aiment et gâtent un peu leurs enfants. Ce fut cependant à une condition : c'est que ma poupée assisterait à toutes mes leçons, et que j'aurais d'elle le plus grand soin.

« Depuis cet heureux moment, cette belle poupée devint ma compagne inséparable. Pendant que je prenais mes leçons, mon institutrice fit la remarque que Bébée (c'est le nom que j'avais donné à ma poupée) retenait avec beaucoup de facilité les histoires et les contes, et dans les récréations elle connaissait tous les jeux d'enfant. »

MARIE.

Comme tu devais être heureuse avec une poupée qui parlait si bien et qui jouait encore mieux!

MADAME DE VERTEUIL.

Je vous assure, mes chers enfants, que je n'ai eu de véritable plaisir qu'avec ma chère Bébée; mais, hélas! à force de la faire causer, les ressorts s'étaient usés sans doute. Vers la fin de la seconde année, la voix de Bébée s'affaiblit et baissa de jour en jour. Un soir, soir fatal! Bébée, ma chère Bébée, cessa de parler!

MARIE.

Comment, ma chère maman, cette belle poupée, que je me faisais un si grand plaisir d'entendre, ne peut plus parler? En vérité, cela me donne envie de pleurer.

MADAME DE VERTEUIL.

Je te préviens, ma petite Marie, que si tu parles encore, je cesse de continuer mon histoire.

MARIE.

Je ne dis plus un mot.

MADAME DE VERTEUIL.

« Mon père, en apprenant cet événement, se souvint que l'artiste, en lui cédant son chef-d'œuvre, lui avait remis un paquet cacheté, en lui recommandant de ne l'ouvrir que s'il arrivait quelque accident à la poupée.

« Il s'empressa de rompre le cachet et trouva une petite clef, un flacon contenant une liqueur rougeâtre et une lettre dans laquelle il lut ce qui suit:

« Après quelques années de l'existence de ma poupée, il serait pos-
« sible que le mécanisme qui lui donne une sorte de vie se fatiguât
« et que les nombreux ressorts s'altérassent; dans ce cas, et pour que
« le mécanisme revienne à son état primitif, un long repos sera néces-
« saire. Il faudra alors l'enfermer dans un meuble bien clos; mais,
« avant de l'y placer, on lui introduira, dans une ouverture imper-
« ceptible qui est sur son épaule gauche, tout le contenu du flacon,
« puis on fermera cette ouverture avec la petite clef. La poupée ne
« sera délivrée de sa prison qu'après quinze années de captivité. Lorsque
« le temps sera expiré, on montera de nouveau les ressorts au moyen de
« la petite clef, et, une demi-heure après, la poupée parlera avec la
« même facilité qu'au moment de sa création. »

« Mon père exécuta de point en point la prescription de l'artiste, et, depuis ce moment, la poupée est enfermée dans cette armoire. C'est aujourd'hui, à six heures, que seront révolues les quinze années. »

ADÈLE.

Je suis toute troublée, et je tremble de plaisir et de joie en pensant que cette jolie poupée va nous parler!

MADAME DE VERTEUIL.

« Je fus en proie au chagrin le plus vif, et je ne m'ahbituai qu'à grande peine à vivre sans ma chère, mon excellente Bébée. Comme j'étais déjà grande et raisonnable, je finis par prendre mon parti et je continuai mes études un peu tristement. » Vous avez entendu l'histoire de Bébée; dites-moi, mes enfants, si vous êtes satisfaites?

MARIE.

On ne peut plus, ma chère maman; mais nous le serions davantage, si nous l'entendions parler.

(La pendule sonne six heures.)

MADAME DE VERTEUIL.

Attention, mes enfants, voici le moment décisif.

(La poupée ouvre les yeux, regarde à droite et à gauche, puis elle sourit à madame de Verteuil et regarde les jeunes filles.)

Bonjour, ma chère Bébée; me reconnais-tu?

BÉBÉE.

Parfaitement, maman Clémence; seulement je te trouve bien plus belle qu'autrefois!

MADAME DE VERTEUIL.

Tu es toujours aimable, Bébée; mais tu es devenue flatteuse.

BÉBÉE.

Je t'ai dit ma première impression et je n'ai pas cherché autre chose. Voici tes charmantes filles ; Marie te ressemble beaucoup ; Adèle, qui est très-gentille, n'a aucun de tes traits.

ADÈLE.

Qui donc, ma belle Bébée, t'a fait connaître nos noms?

BÉBÉE.

Cela est bien simple; vous veniez très-souvent dans la chambre de maman Clémence : vers les derniers instants de ma captivité, je retrouvai peu à peu mes facultés, et si je ne pouvais encore parler, j'entendais parfaitement tout ce qui se disait. Ne vous étonnez donc pas si je vous connais si bien.

MADAME DE VERTEUIL.

Je suis doublement contente de te revoir, car tu rappelles à mon cœur tout le bonheur, tous les plaisirs de mon enfance; puis, j'en suis convaincue, tu rendras mes filles aussi heureuses que je l'ai été avec toi, et tu m'aideras à les corriger de leurs défauts.

BÉBÉE.

Cela sera facile, car je suis certaine que leurs bonnes qualités surpassent de beaucoup leurs petits défauts.

MADAME DE VERTEUIL.

Ta résurrection est un jour de fête pour mes filles; je donne donc congé ce soir. Demain, mes enfants, je ferai inviter toutes vos jeunes amies pour leur faire connaître Bébée. Je retourne au salon; vous, descendez dans le jardin, et amusez-vous bien avec votre nouvelle amie.

(Elle embrasse ses filles, Bébée, et sort.)

ADÈLE.

Ma chère Bébée, je vais te prendre dans mes bras pour te descendre dans le jardin.

MARIE.

Tu serais bien aimable, ma bonne Adèle, si tu voulais me laisser porter la jolie Bébée.

ADELE.

Tu es folle, petite Marie; à peine auras-tu fait deux pas que tu tomberas avec elle.

MARIE.

Je suis presque aussi forte que toi; maman le dit bien souvent.

ADÈLE.

Maman te dit cela pour te faire plaisir.

MARIE.

Laisse-moi essayer, ma bonne sœur, tu seras bien gentille!

ADÈLE.

Tu es insupportable, Marie, avec tes prétentions, et tu nous fais perdre un temps précieux; d'ailleurs, je suis l'aînée et la plus forte, tu dois donc céder.

MARIE.

Maman te défend de parler de ton droit d'aînesse, et j'espère que tu n'emploieras pas la force contre moi.

ADÈLE.

Afin de terminer cette discussion, je m'empare de Bébée.

(Elle va pour prendre Bébée.)

BÉBÉE, *l'arrêtant.*

Un moment, Adèle, et laisse-moi te dire que j'ai entendu avec peine votre petite querelle; j'ai un excellent moyen pour vous mettre d'accord : je n'ai besoin ni de l'une ni de l'autre, car je marche aussi bien que vous.

ADÈLE.

Ah! Bébée, c'est bien mal à toi de ne pas l'avoir dit plus tôt.

BÉBÉE.

J'étais bien aise d'étudier vos caractères et de voir comment se terminerait votre débat. Cette querelle me met en mémoire une petite histoire qui a quelques rapports avec votre discussion.

MARIE.

Une histoire? Conte-nous-la, Bébée; moi qui aime tant les histoires!

BÉBÉE.

Écoutez-moi donc :

L'Esprit de domination.

UNE dame qui venait souvent chez maman Clémence avait deux filles nommées Honorine et Cécile ; l'une avait treize ans, et l'autre dix. Elles s'aimaient tendrement; mais Honorine avait un défaut qui altérait ses bonnes qualités : elle voulait toujours dominer, et prétendait qu'étant l'aînée elle était supérieure à sa jeune sœur. Cécile était la douceur même et subissait avec une patience angélique toutes les exigences de sa sœur.

Un jour, cependant, qu'Honorine abusait plus que de coutume de son pouvoir, Cécile se révolta, et refusa avec fermeté de se soumettre. Honorine, habituée à une obéissance passive, devint rouge de colère et voulut absolument faire céder sa sœur. Cécile, déterminée à ne pas faiblir, résiste de nouveau avec plus d'énergie. Outrée et perdant la tête, Honorine s'élance sur sa sœur. Celle-ci, effrayée, fuit vers la porte; mais l'aînée, plus agile, la rejoint au bord de l'escalier, et voulant saisir sa robe, la pousse involontairement. La pauvre Cécile est précipitée jusqu'au bas des degrés.

Honorine, épouvantée de son action, jette des cris perçants, franchit en un clin d'œil toutes les marches, et rejoint sa sœur, qui, étendue sur les dalles, paraissait beaucoup souffrir. Elle veut la relever; mais Cécile l'arrête, en lui disant avec douceur : « Ne prends pas une peine inutile; je sens que je ne pourrais me tenir debout. Ne perdons pas de temps, et écoute-moi bien : tes cris vont attirer tout le monde; avant donc que maman paraisse, promets-moi de garder le silence, quand tu m'entendras lui déclarer que je suis seule la cause de cet accident; tu m'entends bien? Je veux que maman ignore comment cet événement est arrivé, car

L'ESPRIT DE DOMINATION.

Dessins de Jules Lange et Gustave Janet Imp. Auguste Bry, Paris. Lith. par Sorrieu.

Elle veut relever sa sœur qui l'arrête en lui disant, je suis trop blessée

elle te punirait très-sévèrement, et cela me ferait un chagrin mortel.

— Non, dit Honorine, je ne consentirai pas à faire ce mensonge ; je suis trop méchante, surtout avec toi qui es si bonne ; je mérite d'être punie, et je veux l'être.

— Je te déclare, reprit Cécile, que si tu ne fais pas ce que je te demande, je ne me laisserai pas soigner, et tu seras peut-être la cause de ma mort. » Pénétrée d'admiration pour la bonté, la générosité de sa sœur, Honorine promit en sanglotant de se soumettre à sa volonté.

« Dans ce moment, leur mère, suivie de domestiques, se précipita comme une folle sur sa fille, qui lui dit : « Ne t'effraye pas, chère maman ; en voulant descendre trop vite, je suis tombée, comme tu vois, au bas de ces marches. Fais-moi porter dans mon lit, et fais venir notre médecin. »

« Le docteur, après avoir examiné Cécile, déclara qu'il n'y avait que des contusions qui devaient être très-douloureuses, mais sans danger sérieux, et qui cependant exigeraient de longs soins.

« Honorine s'installa auprès du lit de sa jeune sœur, dont elle se fit la petite garde-malade dévouée, attentive. Cécile resta près de deux mois couchée. Sa sœur ne la quitta pas un instant, et, la nuit comme le jour, elle était sur pied. Tous les soirs, en faisant sa prière, elle promettait au bon Dieu de se corriger et de ne plus se laisser aller à ces mouvements de colère qui avaient été si funestes à sa sœur.

Tout le monde admirait le dévouement d'Honorine, et chacun la complimentait. Ces félicitations lui déchiraient le cœur, surtout celles de sa mère, qui ne cessait de la remercier. Elle en mourait de honte ; car elle se sentait si coupable qu'elle souffrait cruellement d'être, sans le mériter, un objet d'admiration.

« Quand Cécile fut en convalescence et qu'elle put marcher, sa sœur la soutenait, l'aidait avec une tendre sollicitude, et l'entourait de tous les petits soins possibles. Lorsque Cécile fut entièrement rétablie, les deux sœurs vécurent toujours dans une intelligence parfaite, et tout le monde était étonné du changement qui s'était fait dans le caractère d'Honorine ; l'on était loin de penser, grâce à la discrétion de l'excellente Cécile, qu'elle avait été la cause des cruelles souffrances de cette jeune fille. »

ADÈLE, *les larmes aux yeux.*

Que je te remercie, ma bonne Bébée, de ton intéressante histoire. Je te jure qu'elle me corrigera, car elle m'a fait comprendre combien j'étais injuste avec ma petite sœur. Pardonne-moi, Marie, tu es bien meilleure que moi; mais dorénavant nous serons d'accord, car je te céderai toujours.

MARIE.

Je ne le souffrirai pas, ma chère Adèle. Si tu as quelques torts, ne suis-je pas, de mon côté, un peu obstinée? Tu vois que nous avons chacune nos défauts; tâchons de nous corriger, cela vaudra beaucoup mieux.

BÉBÉE.

Bien dit, ma gentille Marie; actuellement que la paix est faite, descendons dans le jardin.

(Elles sortent toutes trois.)

Aussitôt arrivées dans le jardin, les jeunes filles se mirent à courir comme des folles avec Bébée, à cueillir des fleurs qu'elles se jetaient à la tête en riant de tout leur cœur. Le temps se passa très-rapidement.

MARIE, *après un moment de repos.*

A quoi allons-nous jouer maintenant?

BÉBÉE.

Est-ce que vous n'êtes pas fatiguées?

MARIE.

Je ne me fatigue jamais quand je m'amuse. Qu'allons-nous faire?

ADÈLE.

Demande à Bébée; elle, qui sait tant de choses, va nous indiquer un amusement.

BÉBÉE.

Puisque vous n'êtes pas encore lasses de jouer, voulez-vous que je chante une ronde? Nous danserons au refrain.

MARIE.

Oh! oui, une ronde, cela terminera bien la journée!
(Bébée chante.)

GENTIL COQUELICOT

J'ai descendu dans mon jardin (*bis*)
Pour y cueillir du romarin.
Gentil coquelicot,
Mesdames,
Gentil coquelicot
Nouveau.

Pour y cueillir du romarin. (*bis*)
J'nen avais pas cueilli trois brins
Gentil coquelicot,
Mesdames,
Gentil coquelicot
Nouveau.

J'nen avais pas cueilli trois brins (*bis*)
Qu'un rossignol vient sur ma main.
Gentil coquelicot,
Mesdames,
Gentil coquelicot
Nouveau.

Qu'un rossignol vient sur ma main (*bis*)
Il me dit trois mots en latin.
Gentil coquelicot,
Mesdames,
Gentil coquelicot
Nouveau.

Il me dit trois mots en latin (*bis*)
Que les hommes ne valent rien.
Gentil coquelicot,
Mesdames,
Gentil coquelicot
Nouveau.

Que les hommes ne valent rien (*bis*)
Et les garçons encore moins.
Gentil coquelicot.
Mesdames,
Gentil coquelicot
Nouveau.

Et les garçons encore moins. (*bis*)
Des dames il ne me dit rien.
Gentil coquelicot,
Mesdames,
Gentil coquelicot
Nouveau.

Des dames il ne me dit rien (*bis*)
Mais des d'moiselles beaucoup de bien.
Gentil coquelicot.
Mesdames,
Gentil coquelicot
Nouveau.

Comme la nuit était venue, elles rentrèrent dans la maison et allèrent se coucher, en plaçant avec précaution Bébée dans son petit lit.

PREMIÈRE JOURNÉE

Le lendemain, toutes les jeunes filles invitées furent très-exactes, car elles étaient curieuses de voir et surtout d'entendre parler la poupée extraordinaire annoncée par madame de Verteuil. Dans le nombre de ces jeunes filles, il y en avait une, nommée Louisa, qui de sa nature était moqueuse; elle ne manqua pas, en arrivant, de faire des observations très-malicieuses sur la poupée parlante, déclarant qu'elle ne croyait pas du tout à cette merveille. Que sans doute madame de Verteuil voulait s'amuser un peu à leurs dépens; mais c'était vraiment abuser de leur crédulité que d'annoncer une chose aussi impossible.—Vous allez voir, mesdemoiselles, comme je vais rire au nez de ce petit pantin !

La porte s'ouvrit. Madame de Verteuil entra suivie de ses filles et de la charmante Bébée. Tout le monde fut ravi de voir cette jolie poupée marcher avec une grâce toute particulière. Les jeunes filles l'embrassèrent à l'envi; quand ce fut le tour de Louisa, elle lui dit : « Mon petit mannequin, dis-moi donc quelques jolies choses avec ta bouche de bois. » Bébée regarda fixement la petite impertinente, puis lui tourna le dos. Louisa frappa joyeusement dans ses mains en disant à ses compagnes : « Je savais bien, moi, que ce pantin ne pouvait parler ! »

BÉBÉE

Vous vous trompez, mademoiselle ; non-seulement je parle, mais j'ai la faculté de vous dire que le défaut de se moquer à tort et à travers vous rend très-ridicule. Trancher ainsi à votre âge est aussi déplacé qu'inconvenant. Si le savant artiste auquel je dois le bonheur de parler n'avait pas méprisé, comme je le fais, les moqueries des ignorants, je ne serais pas ici pour vous faire sentir que l'importance que vous voulez vous donner vous rend insupportable et vous rapetisse beaucoup aux yeux de ceux qui vous écoutent.

LA MAMAN DE LOUISA.

Merci mille fois, aimable Bébée, pour la leçon que tu viens de donner à ma fille ; elle la mérite bien ! Allons, Louisa, fais aussi tes remercîments à cette raisonnable poupée, et prie-la de recevoir tes excuses.

BÉBÉE.

N'humiliez pas cette chère enfant, madame ; je préfère, si vous le permettez, lui raconter l'histoire d'une jeune demoiselle qui avait le même défaut, et qui regretta bien sincèrement de s'être moquée d'un jeune garçon infirme, surtout quand on lui fit connaître ses excellentes qualités. L'impression douloureuse qu'elle en éprouva la corrigea, et elle devint bonne, excellente et très-aimable.

Tout le monde autorisa Bébée à faire son récit. Elle commença de la sorte :

Dessins de Janet Lange et Gustave Janet — Imp. Auguste Bry, Paris. — Lith. par Sirieu.

En arrivant au bord du Lac, il y déposa son précieux fardeau.

La Moqueuse.

Sophie Villarmé était une jeune fille malicieuse, qui se moquait de tout le monde. Comme elle amusait quelquefois, elle se croyait beaucoup d'esprit, et tournait en ridicule les personnages et les choses les plus respectables. Rien de sacré pour elle ; ni le rang, ni l'âge. Les infirmités même n'étaient point à l'abri de ses impitoyables moqueries.

Sa mère, ayant été invitée par madame Delatour à passer la journée à sa maison de campagne, fut reçue de la manière la plus gracieuse par cette dame, qui, après avoir embrassé Sophie, dit à un jeune garçon étendu sur un canapé : « Tu serais bien aimable, Victor, si tu voulais conduire cette jolie demoiselle dans le jardin, auprès de tes sœurs ; et, tous ensemble, vous tâcherez de lui rendre la maison agréable. »

Victor, à la voix de sa mère, s'était aussitôt levé et s'apprêtait à offrir la main à Sophie, quand celle-ci s'aperçut qu'il était bossu. Au lieu de le plaindre de cette infirmité, son premier sentiment fut d'en rire, et, poussée par son esprit railleur, elle lui dit avec une naïveté feinte : « Mon cher monsieur, je suis bien curieuse de savoir pourquoi, n'étant pas dans le carnaval, vous vous êtes déguisé en Polichinelle ? » Le jeune Victor rougit, pâlit, puis, sans dire un seul mot, sans se plaindre, passe devant elle et la dirige vers le jardin. Cette méchante jeune fille, au lieu de sentir combien son action est cruelle, le suit en continuant ses mauvaises plaisanteries. Victor, sans y répondre, la présente à ses sœurs, qui l'accueillent avec amitié, et lui proposent une promenade sur l'eau.

Il y avait un étang dans le jardin. Sur le bord était un joli bateau dans lequel Victor les fait entrer. Ces joyeuses jeunes filles sont enchan-

BIBLIOTHÈQUE IMPÉRIALE

tées de leur intelligent batelier, qui, ramant avec adresse, les dirige à droite, à gauche, et dans tous les endroits qui lui sont indiqués. Malgré la recommandation de Victor, Sophie monte sur son banc, perd l'équilibre et tombe dans l'eau. Le bateau, lancé sous l'effort de la rame, s'éloigne; les deux jeunes filles jettent des cris perçants et appellent au secours. Victor, sans hésitation aucune, se précipite dans l'étang, se dirige vers l'endroit où Sophie est tombée, plonge et reparaît aussitôt en soutenant d'un bras la jeune fille presque évanouie, et nageant vigoureusement de l'autre. En arrivant au bord, il y dépose son précieux fardeau. Sophie, en revenant à elle, reconnaît dans son libérateur l'infortuné bossu dont elle s'était si lâchement moquée. En proie aux plus vifs remords, elle n'ose lever les yeux sur lui, et cependant elle voudrait le remercier.

Les parents des jeunes filles, accourus à leur secours, furent complétement rassurés en voyant Sophie et Victor se tenant affectueusement la main et le jardinier ramenant les jeunes sœurs dans le bateau. On fit transporter Victor et Sophie tout mouillés dans le château, afin de leur faire changer de vêtements.

Frappée du danger qu'elle avait couru, Sophie, lorsqu'elle se trouva seule avec Victor, le supplia, les larmes aux yeux, de lui pardonner son indigne conduite. « Votre dévouement, dit-elle, est d'autant plus généreux que je ne méritais certainement pas que vous exposassiez votre vie pour sauver la mienne; vous êtes la bonté même. » Victor, en souriant, lui répondit : « Il faut bien, puisque je suis contrefait, que j'aie par compensation au moins un bon côté; mais, ma chère Sophie, ne parlons plus de ce petit événement et soyons toujours bons amis! »

En retournant chez elle, la mère de Sophie voulut lui faire des remontrances. Sa fille l'arrêta, en lui disant : « Chère maman, tu ne peux me faire de reproches plus sévères que ceux que je me suis adressés.—Tu t'en ferais de plus grands encore, si tu connaissais la cause sublime de l'infirmité de ce jeune homme.—Apprends-moi donc cette circonstance, afin que je persévère dans la résolution que j'ai prise de devenir aussi bonne que j'ai été méchante jusqu'à ce jour. — Écoute-moi donc, reprit madame de Villarmé :

L'Incendie.

VICTOR est né avec un cœur si bon, que rien ne lui est indifférent; la moindre chose excite sa sensibilité. Un soir qu'il était dans le salon au milieu de sa famille, plusieurs domestiques vinrent tout effarés annoncer que le feu venait de prendre dans le voisinage. A cette nouvelle, Victor sort du salon, se munit à tout hasard d'une corde et court sur les lieux du sinistre. Il voit l'incendie dans toute sa violence; personne n'ose pénétrer dans la maison enflammée, et cependant une jeune fille, sur un balcon, jetait des cris perçants, tendait les bras et demandait du secours. Victor, sans calculer le péril, se précipite dans cette maison. Tous les spectateurs demeurent consternés en voyant ce brave garçon exposer inutilement sa vie. On était dans la plus grande anxiété, quand il parut à la croisée. La jeune fille, à demi évanouie, s'était affaissée sur le balcon. Victor, impassible, lui passe sa corde sous les bras, l'attache solidement et la fait glisser doucement jusqu'à terre, avec un sang-froid bien au-dessus de son âge.

Les parents de la jeune fille reçurent leur enfant dans leurs bras avec une joie qui tenait du délire. Ce ne fut qu'un cri d'admiration dans la foule, et tout le monde applaudit avec frénésie le jeune libérateur. Il ne restait plus qu'à se sauver lui-même par le même moyen, car toutes les issues étaient envahies par les flammes qui se montraient à la croisée. Il remonte la corde, la fixe au balcon et se laisse glisser; mais soit que cette corde fût défectueuse, soit qu'en traversant les flammes elle eût été atteinte, elle se rompt au milieu du trajet, et le malheureux jeune homme tombe sur le pavé, où il reste sans connaissance. Chacun le crut mort; il n'était qu'évanoui.

Transporté chez ses parents inconsolables, il fut mis entre les mains des plus habiles docteurs, qui parvinrent à le guérir ; mais il resta infirme et contrefait pour la vie. Le souvenir de cette belle et généreuse action resta dans tous les cœurs, et surtout dans la famille dont il avait si miraculeusement sauvé la fille chérie. »

Sophie, après avoir écouté religieusement le récit de sa mère, jura qu'elle serait désormais la meilleure amie de Victor. Elle tint parole, et toujours depuis, elle a eu la moquerie en horreur.

Louisa, d'abord distraite, avait fini par prendre le plus grand intérêt au récit de Bébée, et, vers la fin, elle s'approcha doucement de la poupée, lui prit les mains et l'embrassa.

LA MAMAN DE LOUISA.

Eh bien, ma fille, que dis-tu de l'histoire que tu viens d'entendre ?

LOUISA.

Je dis, chère maman, que cette bonne Bébée m'a fait sentir vivement que j'étais sotte et ridicule. Je la prie donc de me pardonner, comme le généreux Victor a pardonné à Sophie, et de vouloir bien m'aimer comme Sophie a aimé Victor.

BÉBÉE.

De tout mon cœur, ma chère Louisa.

MARIE.

Toutes ces belles histoires sont très-amusantes ; mais je crois que si maman voulait nous permettre de descendre dans le jardin, afin de danser une petite ronde que Bébée nous chantera, ce serait encore plus amusant.

MADAME DE VERTEUIL.

Ma petite Marie pense un peu trop au plaisir; mais c'est de son âge. Je lui donne la permission d'emmener toutes ses jeunes amies, et je vous conseille à toutes d'être aussi raisonnables que Bébée.

Toutes les jeunes filles coururent joyeusement dans le jardin, et Bébée leur chanta la ronde suivante :

AH! MON BEAU CHATEAU

PREMIER COUPLET ET PREMIER ROND.

Ah ! mon beau château,
Ma tant' tire lire lire,
Ah ! mon beau château,
Ma tant' tire lire l'eau.

DEUXIÈME ROND.

Le nôtre est plus beau,
Ma tant' tire lire lire,
Le nôtre est plus beau,
Ma tant' tire lire l'eau.

PREMIER ROND.

Nous le détruirons,
Ma tant' tire lire lire,
Nous le détruirons,
Ma tant' tire lire l'eau.

DEUXIÈME ROND.

Laquell' prendrez-vous?
Ma tant' tire lire lire,
Laquell' prendrez-vous?
Ma tant' tire lire l'eau.

PREMIER ROND (Montrant une jeune fille.)

Celle que voici,
Ma tant' tire lire lire,
Celle que voici,
Ma tant' tire lire l'eau.

DEUXIÈME ROND.

Que lui donnerez-vous?
Ma tant' tire lire lire,
Que lui donnerez-vous?
Ma tant' tire lire l'eau.

PREMIER ROND.

De jolis bijoux,
Ma tant' tire lire lire,
De jolis bijoux,
Ma tant' tire lire l'eau.

DEUXIÈME ROND.

Nous en voulons bien,
Ma tant' tire lire lire,
Nous en voulons bien,
Ma tant' tire lire l'eau.

<table>
<tr><th>PREMIER ROND.</th><th>DEUXIÈME ROND.</th></tr>
<tr><td>Un charmant chapeau,
Ma tant' tire lire lire,
Un charmant chapeau,
Ma tant' tire lire l'eau.</td><td>A chacune un beau,
Ma tant' tire lire lire,
A chacune un beau,
Ma tant' tire lire l'eau.</td></tr>
</table>

Toutes les jeunes filles rentrèrent au salon pour l'heure du départ, et madame de Verteuil leur annonça qu'il y aurait une réunion tous les huit jours.

DEUXIÈME JOURNÉE

ETTE réunion fut encore plus nombreuse que la première. La réputation de Bébée s'était répandue partout; chaque mère, en amenant sa fille, avait l'espérance que Bébée la corrigerait de ses défauts. Une dame, entre autres, avait une jeune fille nommée Césarine, dont le caractère était insupportable. Sa mère, fatiguée de l'avoir grondée inutilement, pria madame de Verteuil, dans une visite, de recommander sa fille à la spirituelle poupée.

A leur arrivée, les jeunes filles trouvèrent une collation de friandises que madame de Verteuil avait fait préparer. Dans la distribution, un beau baba fut épuisé avant d'arriver jusqu'à Césarine. On lui offrit une autre friandise qu'elle refusa avec humeur. Comme on insistait, elle se tourna vers sa mère et lui dit :

« N'est-ce pas, maman, que je n'aime que le baba ?—C'est vrai, ma fille, mais puisqu'il n'y en a plus, prenez autre chose.—Je n'aime que le baba et j'en veux.—Vous devez bien penser, ma fille, qu'on n'en fera pas faire un pour vous. »

La figure de Césarine se refrongna et prit un air maussade. Adèle et Marie lui offrirent leurs parts; mais cette jeune fille, par une sorte de fierté, refusa.

La collation terminée, elle se leva de table et se retira dans un coin pour bouder.

Marie, on le sait, aimait les histoires avec passion; elle pria Bébée d'en raconter une avant d'aller jouer dans le jardin. Bébée, sans se faire prier, fit le récit suivant :

La petite Boudeuse.

On ne devrait jamais laisser prendre aux enfants la mauvaise habitude de bouder pour la plus petite chose. Ceux qui ont ce malheureux défaut deviennent insupportables et rompent la bonne harmonie qui doit régner dans les réunions destinées au plaisir et à la gaieté. Une chose remarquable, c'est que plus on s'occupe d'eux pour les ramener à la raison, plus ils mettent d'obstination à faire la moue, et plus ils sont désagréables à tout le monde.

Madame Saint-Aubin avait une fille nommée Charlotte, que, par une tendresse mal entendue, elle gâtait journellement. Cette pauvre dame n'avait ni la force ni la volonté nécessaires pour corriger cette jeune fille. Un jour qu'elle se trouvait chez madame Desmousseaux, elle ne put s'empêcher de se plaindre de Charlotte. Madame Desmousseaux lui dit en souriant : « Chère dame, Clémentine, ma fille aînée, était autrefois une bien désagréable boudeuse. Ne voulant pas laisser croître ce défaut, je me suis servi d'un moyen qui a réussi au delà de mes espérances. Si vous voulez, madame, me permettre de l'employer en faveur de votre chère fille, je suis convaincue que j'obtiendrai le même succès.

LA PETITE BOUDEUSE.

Dessins de Janet Lange et Gustave Janet. Imp. Auguste Bry, Paris. Lith. par Sorrieu.

BIBLIOTH. IMPÉRIALE

Charlotte toute entière à sa mauvaise humeur, n'entend rien.

—En vérité, madame, vous êtes trop bonne. J'accepte votre offre avec la plus vive reconnaissance, et je serai la plus heureuse des mères, si vous parvenez à rendre ma fille aussi raisonnable que les vôtres ! »

Quelques jours après cette conversation, une réunion eut lieu chez madame Desmousseaux. Beaucoup de jeunes filles arrivèrent successivement et s'occupèrent à divers jeux pendant que Clémentine, entourée de quelques amies, feuilletait un album. Charlotte, un peu en retard, entra dans le salon et voulut s'emparer de cet album. Clémentine s'y opposa en lui disant : « Ma chère Charlotte, j'en suis bien fâchée, mais cet album sera à votre disposition quand nous aurons fini de le regarder. » Charlotte insista et voulut absolument l'avoir.—« En vérité, ma chère amie, vous n'êtes pas raisonnable, et je suis forcée de vous répéter que vous n'aurez ce livre qu'après que mes compagnes et moi l'aurons visité jusqu'à la dernière feuille ; d'ailleurs, si je vous refuse, c'est à cause de ces demoiselles, car s'il ne s'agissait que de moi, je vous le céderais tout de suite. » Charlotte ne dit plus rien, fit une vilaine moue, se retira dans un coin du salon, s'assit sur un fauteuil et tourna le dos à toutes ses amies.

Madame Desmousseaux, qui avait entendu ce débat et vu ce petit manége, s'approcha des jeunes filles, leur fit signe de ne pas faire de bruit, et les fit passer tout doucement dans une autre pièce. Charlotte, tout entière à sa mauvaise humeur, n'entend rien et ne s'aperçoit pas de ce mouvement. Au bout de quelques instants, étonnée du silence qui règne dans le salon, elle tourne la tête pour en connaître la cause. Il est impossible de dépeindre l'humiliation qu'elle éprouve de se voir ainsi abandonnée! D'abord elle veut montrer du caractère, et, supposant qu'on peut la regarder, elle prend un livre, mais son dépit lui trouble tellement la vue qu'elle ne voit que des lignes sans aucun sens, tant elle est préoccupée de cet abandon. Ne pouvant plus y tenir, son cœur se gonfle et des larmes abondantes coulent de ses yeux ; ces pleurs la soulagèrent un peu et laissèrent son esprit plus libre. Elle fait alors un retour sur elle-même : forcée de s'avouer qu'avec son mauvais caractère, elle doit être très-désagréable à ses compagnes et surtout à son excellente mère! « —Que gagné-je, se dit-elle, à bouder dans un coin, pendant que les autres s'amusent? Rien, sinon que je m'ennuie à mourir! Décidément il faut me corriger. » Dans ce moment, elle entend de grands éclats de rire dans la pièce voisine. Curieuse d'en connaître la cause, elle s'approche doucement de la porte, regarde à travers la serrure et voit toutes ses amies danser en rond, autour de Clémentine, qui garde un grand sérieux. C'est ce sérieux qui fait rire toutes les jeunes filles. En voyant cette folle gaieté, dont elle est exclue, des larmes vinrent encore sillonner ses joues; un combat d'amour-propre se livre alors dans son esprit; elle se demande si elle doit aller s'humilier devant toutes ses amies en avouant ses torts, ou si elle doit attendre courageusement le moment du départ général, afin d'éviter un affront. Elle reste un moment indécise, mais enfin la raison prend le dessus; elle ouvre la porte, se précipite au milieu de ses amies et se jette dans les bras de Clémentine; celle-ci l'embrasse avec tendresse, et toutes les autres jeunes filles en font autant, sans qu'il soit question de ce qui vient de se passer.

Depuis ce jour, Charlotte fut on ne peut plus aimable, et on ne l'appela plus la petite Boudeuse.

Césarine avait écouté avec une attention très-suivie le récit de Bébée : il produisit un tel effet sur son esprit qu'elle courut se jeter dans les bras de sa mère et l'embrassa avec effusion; puis, se tournant vers les personnes présentes : « Mesdames, leur dit-elle, je viens m'humilier devant tout le monde, afin de me corriger à jamais, et je demande particulièrement pardon à madame de Verteuil de mes inconvenances chez elle. Je promets donc ici à maman de faire à l'avenir tous mes efforts pour surmonter le défaut qui me domine; je veux, comme Charlotte, être agréable à tout le monde.

Chacun embrassa Césarine, et toutes les jeunes filles descendirent dans le jardin pour danser des rondes, entre autres celle-ci, que Bébée chanta encore mieux que les précédentes.

IL ÉTAIT UN' BERGÈRE

Il était une bergère,
Eh ! ron, ron ron, petit patapon.
Il était une bergère,
Qui gardait ses moutons
Ron, ron.
Qui gardait ses moutons.

Elle fit un fromage,
Eh ! ron, ron, ron, petit patapon.
Elle fit un fromage,
Du lait de ses moutons,
Ron, ron.
Du lait de ses moutons.

Le chat qui la regarde,
Eh ! ron, ron, ron, petit patapon.
Le chat qui la regarde,
D'un petit air fripon,
Ron, ron.
D'un petit air fripon.

Si tu y mets la patte,
Eh ! ron, ron, ron, petit patapon,
Si tu y mets la patte,
Tu auras du bâton,
Ron, ron.
Tu auras du bâton.

Il n'y mit pas la patte,
Eh ! ron, ron, ron, petit patapon.
Il n'y mit pas la patte,
Il y mit le menton,
Ron, ron.
Il y mit le menton.

La bergère en colère,
Eh ! ron, ron, ron, petit patapon.
La bergère en colère,
Tua son petit chaton,
Ron, ron.
Tua son petit chaton.

Elle fut à son père,
Eh ! ron, ron, ron, petit patapon,
Elle fut à son père,
Lui demander pardon,
Ron, ron.
Lui demander pardon.

Mon père, je m'accuse,
Eh ! ron, ron, ron, petit patapon.
Mon père, je m'accuse,
D'avoir tué mon chaton,
Ron, ron.
D'avoir tué mon chaton.

Ma fille, pour pénitence,
Eh ! ron, ron, ron, petit patapon.
Ma fille, pour pénitence,
Nous vous embrasserons,
Ron, ron.
Nous vous embrasserons.

La pénitence est douce,
Eh ! ron, ron, ron, petit patapon.
La pénitence est douce,
Nous recommencerons,
Ron, ron.
Nous recommencerons.

TROISIÈME JOURNÉE

MADAME DE VERTEUIL recevait très-bonne compagnie, et toutes ses amies, titrées ou non, donnaient à leurs demoiselles une éducation soignée et les sentiments les plus distingués. Malgré toute leur attention quelques-unes de ces jeunes filles s'enorgueillissaient des titres de leurs parents, et prenaient de temps à autre des petits airs de fierté avec leurs compagnes. Il y en avait une, nommée Christine, qui était très-orgueilleuse de la qualité de son père (né dans une classe obscure) qui, par son mérite, avait obtenu, sous le règne de Napoléon Ier, le titre de duc. Cet orgueil allait souvent jusqu'à l'impertinence. Sa mère, très-modeste, blâmait le travers de sa fille et la réprimandait inutilement; cette jeune fille ne se corrigeait pas.

Dans la réunion de ce jour, elle prit des airs si peu polis avec Adèle et Marie, que Bébée en fut émue. Chacun ayant pris place dans le salon, Bébée demanda aux mères de famille la permission de raconter une histoire qui lui revenait à l'esprit. Comme on prenait beaucoup de plaisir à l'entendre parler, la permission lui fut accordée avec plaisir. Bébée prit aussitôt la parole.

La Fierté.

Monsieur le comte de Saint-Simon avait accepté l'invitation d'un célèbre professeur, de venir présider la distribution des prix que celui-ci faisait annuellement à la fin de son cours. Ernestine, fille unique du comte, suivait assidûment ces cours. Cette jeune personne était si fière, si orgueilleuse d'être la fille de M. le comte de Saint-Simon, pair de France, général de division, grand officier de la Légion d'honneur, etc., etc., qu'elle affectait un souverain mépris pour toutes les jeunes filles dont les parents n'avaient pas de titres, et qui, comme elle, suivaient les cours.

Le jour de la distribution, tout le monde était déjà placé dans la grande salle qui était ornée pour la cérémonie, quand M. le comte fut introduit par le professeur et conduit à la place d'honneur. Sa fille prit un siége auprès d'autres jeunes filles.

Le comte, en parcourant des yeux cette salle si bien garnie, parut saisi d'un grand étonnement à la vue d'une dame qui faisait partie de cette réunion, et dont l'air de noblesse et de distinction était très-remarquable. Il se leva précipitamment, se rendit près d'elle et la salua avec toutes les marques du plus profond respect. Cette dame l'accueillit avec le sourire le plus gracieux, lui tendit la main et le pria de s'asseoir près d'elle, ce qu'il fit avec une sorte d'hésitation, comme un honneur qu'il ne méritait pas. Ils eurent ensemble, à voix basse, une conversation assez animée. Il prit congé d'elle en la saluant encore plus respectueusement et revint prendre sa place de président.

Ernestine était très-intriguée, en voyant les témoignages de respect

LA FIERTÉ.

Dessins de Janet Lange et Gustave Janet. Imp. Auguste Bry, Paris. Lith. par Sorrieu

BIBLIOTHÈQUE NATIONALE IMPR.

Mr le Curé, j'sommes obligé de vous faire des reproches.

que son père prodiguait à une femme qu'elle connaissait seulement sous le nom de madame Durand, et qu'elle avait toujours regardée, ainsi que sa fille, avec une certaine hauteur.

La cérémonic terminée, elle monte en voiture; à peine assise, elle s'empresse de dire à son père combien elle avait été surprise et humiliée de lui voir témoigner un si grand respect à une femme du commun. « Car, dit-elle, on ne s'appelle pas madame Durand, quand on est quelque chose.—Vous êtes dans une grande erreur, ma fille, car madame Durand, toute madame Durand qu'elle est, vaut mieux que vous et moi! Et si vous n'avez pas tout à fait le cœur gâté par votre sotte fierté, j'espère que ce que je vais vous raconter vous corrigera de votre fol orgueil. Ce défaut, je devrais dire ce vice, n'est déjà que trop connu, et vous fait des ennemis qui augmentent de jour en jour.—Mais, mon père, il y a cependant des rangs dans le monde qu'il faut faire respecter, et votre position est au-dessus de celle de bien des gens.—Je ne répondrai à cette observation qu'en commençant le récit d'événements pénibles et très-intéressants, mais à la condition que vous ne révélerez à personne ce que je vais vous confier.—Votre désir est un ordre pour moi, mon père.—Écoutez-moi donc. »

Histoire de Petit Pierre.

Un jour, M. le curé du village de Méricourt venait faire, suivant son usage, sa visite quotidienne à madame la duchesse de Méricourt, charmante femme nouvellement mariée. Ce bon curé fut arrêté à l'entrée de la grille du château par Pierre Simon, le jardinier. « J'ons ben du chagrin, monsieur le curé, car j' sons obligé de vous faire des reproches, et j'en demandons ben pardon au bon Dieu!—Des

reproches, à moi? mon bon Pierre, vous m'étonnez; pouvez-vous me dire à quel propos?—C'est ben facile, monsieur le curé, j' sommes jardinier de père en fils dans ce château; j'ons succédé à mon père qui avait succédé au sien, et j' voulons que mon fils, Petit Pierre, me succède!

—Ce sont-là de bons sentiments et je vous en loue bien sincèrement; mais je ne vois pas quels rapports ce désir louable a avec vos reproches.

—Patience, vous allez le savoir, monsieur le curé; lorsque Petit Pierre fut en âge de faire sa première communion, il entrait, en revenant de l'école, dans le presbytère pour recevoir vos instructions. Malheureusement, vous lui avez fait mettre le nez dans vos livres, où il a appris je ne savions quoi, et souvent vous m'avez dit que vous étiez bien content de lui.

—Cela est vrai, Petit Pierre aimait l'instruction, et je me faisais un plaisir et même un devoir de lui donner des leçons. Ce n'est pas ce garçon-là qu'on appellera un paresseux.

—C'est ce qui vous trompe, monsieur le curé, et j' dis, moi, que Petit Pierre est un fainéant, un paresseux! Après sa première communion, je lui ons mis, comme de juste, la bêche et le râteau dans les mains. Eh bien! il ne travaille pas, ou il travaille mollement. Savez-vous, monsieur le curé, où je l'ons trouvé ce matin, quand j'ons été voir où en était la tâche que je lui avions donnée? assis, monsieur le curé, assis sur un banc, un livre à la main et ses outils par terre. Il était si occupé de sa lecture qu'il ne m'entendit point et qu'il ne me vit pas arriver. Vous comprenez bien que je m' sommes fâché tout rouge! Si vous ne lui aviez pas mis la science dans la tête, j'en ferions un bon ouvrier, tandis que, je le répète, c'est un bon à rien, un véritable paresseux! Cela ne peut pas durer!

Le bon curé, après avoir réfléchi, lui dit : Mon brave jardinier, envoyez-moi Petit Pierre demain matin.

—C'est ça, monsieur le curé, donnez-lui une bonne réprimande. »

Le curé continua tout pensif son chemin vers le château. Madame la duchesse s'aperçut que ce digne ecclésiastique était préoccupé, et le questionna.

« Je ne puis vous dissimuler, madame la duchesse, que je viens de recevoir des reproches de votre jardinier, qui m'ont été très-sensibles, et, ce qui me désole, c'est que je les mérite.

—Et comment cela, mon cher pasteur?

—Avec la meilleure intention du monde, on peut se tromper; c'est ce qui m'est arrivé. A l'école du village, Petit Pierre était le plus studieux des élèves, il apprenait tout avec une grande facilité et surtout avec plaisir; il en sut bientôt autant que le maître. C'est alors qu'il vint chez moi, afin de se préparer pour la première communion. Il dévorait tous les livres qu'il trouvait sous sa main. En voyant dans cet enfant un goût si prononcé pour l'étude, j'eus la faiblesse, ou plutôt la vanité, de développer cette intelligence précoce. Je l'instruisis donc sérieusement; ses progrès m'étonnaient, et j'étais enchanté de mon élève. A douze ans et demi, il fit sa première communion; quand il l'eut renouvelée, son père, suivant l'usage des villageois, lui mit aussitôt les outils dans les mains. Il paraît que l'enfant a une grande répugnance pour le travail manuel, et son père a raison de m'adresser des reproches, car je l'ai contrarié dans ses espérances fondées sur la raison; et j'ai mis cet enfant en opposition avec les bonnes coutumes villageoises.

—Mais, dit la duchesse en souriant, je trouve bien facile de vous tirer de cet embarras: il faut profiter des bonnes dispositions de cet enfant, et lui faire continuer ses études.

—Madame la duchesse, pour continuer et achever ses études, il faut bien des années et faire des sacrifices au-dessus des moyens du père Simon. Ce ne serait pas cependant un obstacle insurmontable, le plus difficile serait de faire renoncer le père Simon à son idée fixe d'avoir dans Petit Pierre un successeur pour servir votre maison. Il regarde sa place de jardinier comme un patrimoine.

—Il est facile de lever la première difficulté, car je me chargerai de faire les frais de son éducation, certaine d'être approuvée par M. le duc, à son retour. Quant à l'idée fixe de Simon, je vous donne mission de lui persuader que ce que nous voulons faire est tout à fait dans l'intérêt de Petit Pierre. »

Le bon curé eut toutes les peines du monde à vaincre la volonté de Simon. Ce brave homme ne pouvait se mettre dans la tête qu'on pût trouver un jardinier en dehors de sa famille. Cependant, à force de persévérance, l'excellent curé parvint à vaincre sa résistance, et l'enfant fut envoyé au collége.

Petit Pierre étonna ses professeurs par sa facilité et son aptitude. Toujours le premier dans ses classes, il termina ses études de la manière la plus brillante.

Reçu le premier à l'École polytechnique, il eut les même succès et en sortit officier du génie. Envoyé en Afrique, il fit toutes les campagnes, passa par tous les grades, et fut enfin nommé général de division.

Pendant cet espace de temps, il ne négligea pas son vieux père, qui mourut dans l'aisance, en se félicitant de n'avoir pas fait de son fils un simple jardinier.

Le général fit un mariage qui lui promettait tout le bonheur désirable. Malheureusement, il perdit sa jeune femme, qui mourut en donnant le jour à une jolie petite fille, sur laquelle il concentra toute son affection.

Pendant que Petit Pierre faisait un chemin rapide et s'élevait de jour en jour, les plus affreux malheurs venaient fondre sur l'excellente et généreuse duchesse. M. le duc avait la funeste passion du jeu et quittait fréquemment ses terres, sous le prétexte de sa santé; c'était pour aller passer la saison dans les villes d'Allemagne, où le jeu est toléré. Il jouait comme un fou, faisait des pertes considérables et revenait souvent au château avec le désespoir dans l'âme; mais il dissimulait vis-à-vis de la bonne duchesse, qui ne se doutait de rien et vivait en pleine sécurité. Cette passion effrénée dominait à tel point M. le duc, qu'il fit des dettes énormes, engagea tous ses biens et compromit la plus grande partie de la fortune de sa femme. Quand ce malheureux homme se vit entièrement ruiné, ses remords furent si cuisants qu'il tomba dangereusement malade et mourut en peu de jours, en faisant à sa femme un aveu de ses torts et en témoignant un repentir tardif.

La duchesse, tout entière à sa douleur, ne comprit pas dans le moment la double perte qu'elle faisait. Il ne lui resta pour consolation qu'une jolie petite fille, fruit de leur union. Elle n'eut guère le temps de s'abandonner à son cruel chagrin, car les créanciers de son mari firent saisir et vendre le domaine et tous les biens du duc. Les dettes entièrement payées, il ne resta à la malheureuse veuve qu'un très-mince revenu. Elle ne quitta pas sans douleur ces lieux témoins de son bonheur, où elle avait fait tant de bien! Sa grande âme lui donna le courage et la force de supporter l'adversité. Elle vint habiter, aux portes de Paris, un modeste logement, qui lui permit de surveiller l'éducation de sa fille; car, outre les leçons qu'elle lui donnait, cette bonne mère lui faisait suivre les cours du célèbre professeur que vous suivez vous-même. Elle la fit inscrire sous le nom de mademoiselle Durand.

ERNESTINE.

Est-il possible, mon père, que cette madame Durand, que je regardais à peine, soit cette bonne duchesse, dont les malheurs viennent de m'attendrir si vivement. Êtes-vous bien certain, mon père, de ce que vous venez de me raconter?

LE COMTE.

Si certain, ma chère fille, que ce Petit Pierre, qui doit tout à la générosité de madame la duchesse et le comte de Saint-Simon d'aujourd'hui ne font qu'une seule et même personne.

ERNESTINE, *rouge et humiliée*

Quoi, mon père, ce Petit Pierre, qui est devenu si savant....?

LE COMTE.

Est le père de cette fière Ernestine, qui se croit au-dessus de tout le monde. Je vous déclare aujourd'hui, mon enfant, que si vous continuez à faire de la fierté déplacée, je dirai à tous ceux qui vous connaissent que vous êtes la petite-fille du paysan Pierre Simon, excellent jardinier. Ernestine, anéantie sous le coup de cette révélation, qui détruisait toutes ses illusions, fut profondément affectée pendant quelques jours; mais, comme elle avait un grand fonds de raison, elle reconnut intérieurement tous ses torts et demanda à son père s'il y aurait de l'indiscrétion à faire une visite à madame la duchesse. «—Non à madame la duchesse, dit le comte en souriant, mais bien à madame Durand. »

Ils se présentèrent tous deux chez cette dernière, qui accueillit le comte avec amitié et embrassa Ernestine avec affection. «—Votre réception, madame, dit la jeune fille, me rend toute confuse; permettez-moi de vous dire que vous avez dû me trouver bien sotte et bien ridicule. — Je ne me souviens seulement, ma chère enfant, que de vos brillants succès aux cours, et je vous citais pour exemple à ma fille, afin de la stimuler. Je vous prie de vouloir bien lui donner votre amitié. »

Les deux jeunes filles se lièrent intimement, et Ernestine, corrigée, devint aussi modeste qu'elle avait été fière et orgueilleuse.

Tout le monde remercia Bébée du plaisir qu'elle avait procuré, et la jeune orgueilleuse elle-même fut forcée d'avouer que l'histoire de Petit Pierre l'avait pénétrée jusqu'au fond du cœur, et que certainement on ne l'accuserait plus de se croire au-dessus des autres.

Marie, qui n'oubliait pas les autres plaisirs, emmena ses compagnes dans le jardin; elles jouèrent à toute sorte de jeux et terminèrent la journée par une ronde que Bébée chanta avec sa complaisance habituelle.

COMPÈRE GUILLERI*

Il était un p'tit homme,
Qui s'appelait Guilleri
Carabi.
Il s'en fut à la chasse,
A la chasse aux perdrix,
Carabi
To to, carabo,
Marchand d'carabas,
Compère Guilleri,
Te lairas-tu (*ter*) mouri.

Il s'en fut à la chasse,
A la chasse aux perdrix,
Carabi.
Il monta sur un arbre,
Pour voir ses chiens couri,
Carabi
To to, carabo,
Marchand d'carabas,
Compère Guilleri,
Te lairas-tu (*ter*) mouri.

Il monta sur un arbre,
Pour voir ses chiens couri,
Carabi.
La branche vint à rompre,
Et Guilleri tombit,
Carabi
To to, carabo,
Marchand d' carabas,
Compère Guilleri,
Te lairas-tu (*ter*) mouri.

La branche vint à rompre,
Et Guilleri tombit,
Carabi.
Il se cassa la jambe,
Et le bras se démit,
Carabi.
To to, carabo,
Marchand d' carabas,
Compère Guilleri,
Te lairas-tu (*ter*) mouri.

Il se cassa la jambe,
Et le bras se démit,
Carabi.
Les dames de la ville
Accoururent au bruit,
Carabi.
To to, carabo,
Marchand d' carabas,
Compère Guilleri,
Te lairas-tu (*ter*) mouri.

Les dames de la ville
Accoururent au bruit,
Carabi.
L'une apporte un emplâtre,
L'autre de la charpie,
Carabi.
To to, carabo,
Marchand d' carabas,
Compère Guilleri,
Te lairas-tu (*ter*) mouri.

* Les quatre derniers vers de chaque couplet se répètent deux fois par les jeunes filles qui dansent.

L'une apporte un emplâtre,
L'autre de la charpie,
Carabi.
On lui banda la jambe,
Et le bras lui remit,
Carabi.
To to, carabo,
Marchand d' carabas,
Compère Guilleri,
Te lairas-tu (*ter*) mouri.

On lui banda la jambe,
Et le bras lui remit,
Carabi.
Pour remercier ces dames,
Guilleri les embrassit,
Carabi.
To to, carabo,
Marchand d' carabas,
Compère Guilleri,
Te lairas-tu (*ter*) mouri.

Pour remercier ces dames,
Guilleri les embrassit,
Carabi.
Ça prouve que par les femmes,
L'homme est toujours guéri,
Carabi.
To to, carabo,
Marchand d' carabas,
Compère Guilleri,
Te lairas-tu (*ter*) mouri.

QUATRIÈME JOURNÉE

Un des jours de réunion chez madame de Verteuil, la plus grande partie des mères étaient arrivées avec leurs filles, quand on entendit dans la pièce d'entrée des voix bruyantes qui semblaient annoncer une querelle. Madame de Verteuil s'était levée pour aller en connaître le motif. Dans ce moment, une dame entra dans le salon avec un air un peu animé. Elle était suivie de ses filles, dont l'aînée était très-rouge et paraissait aussi animée que sa mère.

—Qu'avez-vous donc, ma chère amie? dit madame de Verteuil.

—Je suis très-malheureuse, et Geneviève en est la cause. Cette méchante enfant se met à chaque instant en colère sans motif, et je ne puis la corriger.

GENEVIÈVE.

Ma chère maman, vous vous fâchez mal à propos et pour rien; cela me met en colère, et c'est bien naturel.

MADAME DE VERTEUIL, *à Geneviève.*

Voulez-vous, ma belle demoiselle, accepter pour juge notre raisonnable Bébée?

GENEVIÈVE.

Je le veux bien ; et quand j'aurai dit à Bébée la cause du mécontentement de maman, elle verra que je n'ai pas tort.

BÉBÉE.

Je ne me permettrai pas de porter un jugement entre une mère et sa fille ; mais je dirai à mademoiselle Geneviève que rarement les enfants ont raison, et qu'en général les mères, n'ayant qu'un but, celui de les rendre heureux, ne peuvent jamais avoir tort. Si elle veut bien écouter une petite histoire dont je me souviens, elle sera convaincue que la colère est un bien grand défaut.

Tout le monde ayant témoigné le désir d'entendre Bébée, Geneviève fut obligée de faire comme tout le monde. Bébée commença :

La Colère.

Les personnes qui se laissent dominer par la colère perdent souvent la raison et commettent involontairement des injustices.

M. Godefroy, attaché au ministère des affaires étrangères, était fréquemment envoyé en mission dans des pays éloignés. Ses absences se prolongeaient indéfiniment. Marié à une femme charmante qui le rendait le plus heureux des hommes, il eut le malheur de la perdre après douze ans de bonheur. Il ne lui resta de ce mariage qu'une jolie petite fille de dix à onze ans, dont il fallait suivre l'éducation ; cela lui était impossible, ne restant que momentanément à Paris. Il prit le parti de placer sa chère Éléonore dans un bon pensionnat, en la recommandant

LA COLÈRE

Dessins de Janet Lange et Gustave Janet. Imp. Auguste Bry, Paris. Lith. par Sorrieu.

BIBLIOTHÈQUE IMPÉRIALE

Eléonore se mit dans une colère épouvantable.

avec une tendresse toute paternelle à la maîtresse. Cette jeune fille avait un bon cœur, était aimable; mais, un peu gâtée par sa mère, elle avait contracté l'habitude de se fâcher pour la moindre contrariété et de se mettre très-souvent en colère.

Les premiers jours se passèrent très-bien dans le pensionnat, et la maîtresse, qui était une excellente femme, se prit d'une grande tendresse pour cette jeune fille qui n'avait plus de mère; mais, par une faiblesse impardonnable dans une institutrice, elle laissa croître cette passion de la colère, au lieu de la comprimer quand il en était encore temps. Il résulta de cette faiblesse qu'arrivée à l'âge de quinze ans, cette malheureuse jeune fille était la terreur de ses compagnes, qui lui cédaient tout pour avoir la paix.

A cette époque, le ministre récompensa M. Godefroy et le fixa à Paris. Comme sa fille avait terminé ses études, il prit la résolution de la mettre à la tête de sa maison.

En rendant Éléonore à son père, la maîtresse fut forcée de lui faire connaître le malheureux défaut de sa fille, et d'avouer avec humilité son tort de n'avoir pas coupé le mal dans sa racine. « J'ose espérer, lui dit-elle, que ma tendresse pour elle m'obtiendra votre indulgence. » M. Godefroy, qui était la bonté même, accepta facilement ses excuses.

Éléonore, excellente de cœur, et, malgré son défaut, plus raisonnable que son âge ne semblait le comporter, établit un ordre parfait dans la maison.

Son père avait plusieurs domestiques, entre autres un vieillard nommé Gérard et son excellente femme. Ces bonnes gens avaient vu naître M. Godefroy et l'avaient élevé. Il leur portait une grande affection.

Pendant les premiers jours, tout marchait à merveille, et M. Godefroy était enchanté de sa fille. Il est vrai qu'elle s'était un peu contrainte, car la physionomie grave et sévère de son père lui inspirait un certain respect. Néanmoins, il aperçut quelquefois de l'altération dans ses traits, causée par de petites colères comprimées, qu'il eut l'air de ne pas remarquer.

Un matin, la bonne madame Gérard, servant avec un zèle louable, mais un peu trop précipitamment, le déjeuner de sa jeune maîtresse, fit un faux pas : tout fut renversé, et la tasse assez précieuse fut cassée. Éléonore, outrée de ce qu'elle appelait une maladresse, se mit dans une colère si épouvantable, que cette pauvre femme, effrayée, voulut fuir; mais, se heutrant à un meuble, elle tomba à genoux en jetant un grand cri.

Le vieux Gérard accourut et s'informa de la cause de cet accident. Éléonore, encore sous le coup de la colère, lui parla de la maladresse de sa femme en des termes si outrageants que ce vieillard ne put s'empêcher de faire respectueusement des observations sur la dureté des expressions pour un si léger malheur. Cette réponse redoubla la colère de la jeune fille, à ce point qu'elle s'emporta violemment, et lui dit en fureur qu'à partir de ce moment lui et sa femme ne faisaient plus partie de la maison, et qu'ils pouvaient chercher du service ailleurs.

A cet instant, M. Godefroy rentra et fut effrayé de voir la figure de sa fille toute bouleversée. Éléonore se plaignit vivement de la maladresse de madame Gérard, mais surtout du manque de respect de son mari. « Aussi, dit-elle, je viens de leur donner l'ordre de quitter la maison. » Cette explication fut faite avec une telle véhémence que M. Godefroy en fut vraiment affecté; cependant rien ne parut sur ses traits. Il dit donc tranquillement au vieux Gérard de sortir un moment avec sa femme, et de se tenir prêt au premier appel.

Resté seul avec sa fille, il la réprimanda sévèrement de sa vivacité, surtout envers de vieux serviteurs attachés depuis si longtemps à la maison. Éléonore, au lieu d'écouter avec soumission les observations de son père, fut prise d'une nouvelle colère et s'oublia jusqu'à lui manquer de respect. « Ma chère enfant, lui dit-il froidement, j'avais autrefois cet horrible défaut de la colère. J'ai employé tout le pouvoir de ma raison pour me corriger et j'ai triomphé. Faites comme moi : réfléchissez, vous comprendrez combien on s'amoindrit aux yeux des domestiques en se fâchant injustement contre eux, et vous serez convaincue qu'on se fait aimer et respecter de ses gens en les reprenant avec bonté, avec douceur et surtout avec justice. Néanmoins, vous accusez Gérard de vous avoir manqué de respect; c'est une chose que je ne dois pas souffrir. Sonnez-le. »

Le vieux domestique et sa femme rentrèrent.

« Gérard, lui dit son maître, ma fille a été un peu vive avec la bonne madame Gérard; cependant elle a pu se fâcher pour une maladresse; mais comme elle est très-bonne, elle veut bien lui pardonner. Quant à vous, elle assure que vous lui avez manqué de respect; vous savez que c'est une chose que je ne tolère pas. Je veux bien, en faveur de vos longs services, me relâcher de ma sévérité et vous pardonner. Vous allez donc faire vos excuses à votre jeune maîtresse.

—Mon excellent maître, depuis mon enfance je fais partie de votre maison; j'ai été toujours traité par vos respectables parents et par vous, non en domestique, mais, je le dis avec orgueil, en ami! ma chère femme, aussi attachée, aussi dévouée que moi, ne devait pas s'attendre à être traitée par mademoiselle votre fille avec aussi peu de ménagement, et moi, chassé comme un misérable!... Vos bontés continuelles et les égards qu'on a toujours eus pour moi, ont élevé mes sentiments; permettez-moi donc, mon cher maître, de ne pas les abaisser en faisant des excuses, quand je ne suis pas coupable. »

Pendant cette longue réponse, la figure de M. Godefroy, de douce et calme qu'elle était, prit une expression de violence si extraordinaire que sa fille en fut effrayée. M. Godefroy, irrité, se saisit d'un meuble et voulut frapper Gérard. Éléonore, épouvantée, se jeta vivement au devant de lui en s'écriant: « Oh! mon père, un vieillard! ayez pitié de lui! »

M. Godefroy réfléchit un moment, brisa le meuble, et, reprenant son sang-froid, dit au vieux domestique : « Si, dans une heure, vous n'avez pas quitté la maison, je ne réponds pas des suites de ma colère. » Il sortit brusquement en renversant ce qui se trouva sur son passage.

Cette colère inattendue de son père, qu'elle avait toujours vu si bon, si doux, la frappa si vivement qu'elle fit de profondes et rapides réflexions sur son défaut; elles portèrent leurs fruits, car elle passa d'une extrémité à l'autre : non-seulement elle pardonna à ces bons vieillards, qui étaient stupéfiés, mais elle les pria, les larmes aux yeux, d'oublier ce jour fatal et de rester avec elle.

Ces dévoués serviteurs, tout attendris, lui baisèrent les mains et la prièrent d'obtenir l'indulgence de M. Godefroy.

Eléonore rejoignit son père, qui ne fut pas peu surpris, quand, au lieu de le remercier de sa sévérité, sa fille le supplia de pardonner à son vieux domestique.

« Ma fille, dit froidement M. Godefroy, pour une faute semblable l'indulgence serait d'un mauvais exemple; il faut, au contraire, une punition exemplaire, afin d'apprendre aux autres domestiques que ce n'est pas impunément qu'on manque de respect à ses maîtres; et pour que la punition frappe davantage, je les priverai de la pension que je destinais à leurs vieux jours.

—Mais, mon père, que deviendront ces pauvres gens à leur âge?

—Y avez-vous pensé, vous, ma fille, en les chassant?

—Vous m'accablez de remords, mon père, car je suis la seule coupable: c'est ma sotte colère qui est la cause de leur malheur, et vous me mettez au désespoir en me refusant votre indulgence.

—Je vous le répète, ma fille, il faut un exemple.

—Pardonnez, mon père, de grâce, pardonnez! » dit Éléonore en se jetant aux pieds de M. Godefroy, qui pensa que la leçon était assez forte et qu'elle devait corriger sa fille.

Il se laissa attendrir et pardonna au bon Gérard. Depuis ce moment, ces deux vieillards furent des objets de respect pour Éléonore, qui devint aussi douce qu'elle avait été emportée. La grande colère de son père, qui avait failli le rendre injuste, lui avait fait voir les conséquences de cette horrible passion.

Tout le monde avait écouté l'histoire de Bébée avec beaucoup d'intérêt, et surtout la jeune Geneviève, qui fut effrayée des malheurs que la colère pouvait faire naître. Elle ne dit pas un mot; mais, après avoir embrassé Bébée avec effusion, elle alla en faire autant à sa mère, en lui jurant que jamais elle ne se mettrait en colère; et la suite prouva qu'elle était corrigée.

Suivant la coutume, toutes les jeunes filles furent au jardin et dansèrent la ronde suivante que Bébée chanta :

AH! QUE DE BI, QUE DE BAÏONNETTES

Donnez-moi votre fille,
Ah ! que de bi, que de baïonnettes !
Donnez-moi votre fille,
Au nom du chardonn'ret.

Mon mari me battrait,
Ah ! que de bi, que de baïonnettes !
Mon mari me battrait,
Au nom du chardonn'ret.

J' vous donn'rai cinq cents livres,
Ah ! que de bi, que de baïonnettes !
J' vous donn'rai cinq cents livres,
Au nom du chardonn'ret.

Gardez vos cinq cents livres,
Ah ! que de bi, que de baïonnettes !
Gardez vos cinq cents livres,
Au nom du chardonn'ret.

J'emmène votre fille,
Ah ! que de bi, que de baïonnettes !
J'emmène votre fille,
Au nom du chardonn'ret.

Ah ! rendez-moi ma fille,
Ah ! que de bi, que de baïonnettes !
Ah ! rendez-moi ma fille,
Au nom du chardonn'ret.

Je la mène à l'église,
Ah ! que de bi, que de baïonnettes !
Je la mène à l'église,
Au nom du chardonn'ret.

Eh bien, prenez ma fille,
Ah ! que de bi, que de baïonnettes !
Eh bien, prenez ma fille,
Au nom du chardonn'ret.

CINQUIÈME JOURNÉE

LES jeunes amies d'Adèle et de Marie étaient réunies dans le salon. La conversation s'engagea sur la curiosité, et Bébée disait que c'est un défaut souvent bien dangereux.

ADÈLE.

Ma chère petite Bébée, je suis bien fâchée de n'être pas tout à fait de votre avis. Il me semble que quand on est curieux de connaître l'histoire de son pays, la géographie, les langues étrangères, on n'est pas coupable.

BÉBÉE.

Vous avez raison, Adèle, et j'approuve avec vous la curiosité qui a pour but de s'instruire; mais permettez-moi de descendre au fond de votre pensée, et vous conviendrez avec moi que j'ai deviné votre petite malice. Vous faites semblant de ne pas comprendre qu'en parlant du défaut de la curiosité, je n'ai pas confondu la curiosité qui, comme je l'ai dit, a un but utile, avec celle qui peut être nuisible. Vous avez craint, comme vous êtes vous-même un peu curieuse, une petite morale, et vous avez cherché à me détourner de mon idée; vous voyez que je descends au fond de votre pensée, et vous conviendrez que j'ai deviné votre petite malice. Puisque nous sommes sur ce chapitre, je vais, en attendant que nous descendions dans le jardin, vous raconter que la curiosité d'une jeune fille, suivie de l'indiscrétion, a été sur le point de causer un grand malheur. Écoutez-moi donc.

Curieuse et indiscrète.

Dans le quartier du Marais, M. Rochefort habitait une vieille maison, qui avait un jardin, au fond duquel était un pavillon en mauvais état, qu'il se proposait de faire réparer au printemps. Cet homme, qui était veuf, vivait là tranquillement avec un fils et une fille. Le jeune homme, avocat, était plus âgé que sa sœur, qui n'avait que douze ans; il avait projeté de faire un voyage à l'étranger avec un de ses amis employé dans un ministère, et pour ne pas perdre de temps, il s'était muni d'un passe-port avant les vacances. Sa sœur Marguerite était d'une curiosité insupportable, elle voulait tout savoir, tout voir, et était constamment aux aguets; rien ne se passait chez son père et chez ses amis sans qu'elle le sût. Comme toutes les personnes curieuses, elle était indiscrète.

Quelque temps avant les vacances, elle s'aperçut d'un air de mystère entre son père et son frère; très-intriguée, elle voulut en connaître la cause, mais toutes ses observations furent infructueuses; piquée au vif, elle en perdit le sommeil.

Un soir, au moment de se coucher (il était tard), elle entendit ouvrir doucement la porte qui donnait sur le jardin. Elle sortit vivement de sa

LA CURIEUSE.

Dessins de Janet Lange et Gustave Janet — Imp. Auguste Bry, Paris. — lith. par Sorrieu.

BIBLIOTHÈQUE NATIONALE

.......aperçut son père et son frère déja éloignés...... elle les suit à pas de loup.

chambre, descendit, vit la porte entr'ouverte, et aperçut, déjà éloignés, son père avec une lanterne et son frère portant un panier couvert d'une serviette. N'hésitant pas un instant, elle les suivit à pas de loup. Ils se dirigeaient vers le pavillon. La porte, qui s'était ouverte à un signal, se referma doucement aussitôt qu'ils furent entrés. Marguerite, en tournant autour de ce pavillon, aperçut un filet de lumière à travers une persienne un peu délabrée, elle y appliqua l'œil et vit, à sa grande surprise, l'ami de son frère, en robe de chambre, qui mangeait avec avidité les provisions qu'on venait de lui apporter. Elle écouta de toutes ses oreilles, mais ne put saisir un mot, car ces messieurs parlaient tout bas. Elle attendit un moment; puis, craignant d'être surprise, elle regagna promptement sa chambre, très-agitée, mais enchantée de sa découverte.

Le lendemain, elle n'eut rien de plus pressé que de faire part de ce qu'elle avait vu à plusieurs de ses jeunes amies, qui répétèrent à qui mieux mieux cette nouvelle. Il résulta de cette indiscrétion que tout le monde dans le quartier connaissait à la fin de la journée cet événement.

Le soir même, à peine si Marguerite était montée dans sa chambre qu'elle entendit un grand bruit de voix chez M. Rochefort. Elle descendit à la hâte pour savoir la cause de ce tumulte. De quelle frayeur ne fut-elle pas saisie en voyant le jeune ami de son frère entouré de soldats qui se disposaient à l'emmener, malgré les prières de son père. Elle tomba évanouie.

Le lendemain, M. Rochefort lui fit une explication détaillée de ce qui s'était passé. Voici ce qu'il lui raconta :

Le jeune homme qui avait été arrêté et qui devait voyager avec son frère avait aussi pris d'avance un passe-port.

Son chef, qui était caissier, le fit appeler dans son cabinet, et lui dit : « Mon cher ami, une affaire de famille très-urgente me force de partir ce soir pour la Belgique. Le temps me manque pour avoir un passe-port; vous en avez un, prêtez-le-moi pour quelques jours. » Ce jeune homme s'empressa de se rendre au désir de son chef, qui avait toujours eu des bontés pour lui.

Ce malheureux caissier avait eu la faiblesse impardonnable de tirer de sa caisse une très-forte somme pour la prêter à un de ses amis dans lequel il avait la plus grande confiance, sur sa promesse de la lui rendre sous peu de temps. Cet imprudent caissier ignorait que son ami avait la passion du jeu et qu'il espérait, en jouant gros jeu, rattraper ce qu'il avait précédemment perdu.

Cet homme, entraîné par sa passion, perdit comme un fou toute la somme empruntée, et de désespoir se brûla la cervelle. Quand le caissier apprit cette fatale nouvelle, il fut accablé de désespoir; mais comme c'était un homme courageux et fort de caractère, il prit la résolution d'aller en Belgique pour vendre ses biens de famille, afin de couvrir le déficit de sa caisse. Il partit donc après avoir écrit à son ministre qu'une indisposition le forçait de garder la chambre.

Une vente de biens ne se fait pas à la minute; les formalités prirent plusieurs jours, et le bon caissier était sur les épines.

Pendant son absence, il y eut de forts payements à faire. Le sous-caissier s'aperçut du déficit. Il courut chez son chef pour lui en faire part; là il apprit qu'il était parti depuis plusieurs jours. Ne pouvant garder le silence, il fut forcé de déclarer au ministre et le déficit et l'absence de Paris du caissier.

Soupçon immédiat du ministre, qui fit prévenir la police; celle-ci découvrit presque aussitôt que le caissier avait passé la frontière avec un passeport sous le nom d'un de ses employés. Ordre fut donné d'arrêter cet employé comme complice; mais ce jeune homme ayant eu l'éveil de ce qui se passait, avait été se réfugier chez le jeune avocat, qui le cacha dans le pavillon, avec le consentement de son père.

« Je ne sais, ma chère enfant, dit M. de Rochefort, comment la police a pu découvrir ce refuge; mais hier, vous l'avez vu, ce jeune homme a été arrêté. Que deviendra cette malheureuse affaire? je ne saurais le dire. En attendant, voici un jeune homme innocent au fond d'un cachot. »

Ce récit produisit un effet si terrible sur Marguerite (que son père était loin de soupçonner) qu'elle fut prise d'une fièvre violente accompagnée du délire causé par ses remords.

Lors de sa convalescence, elle apprit, à son grand soulagement, le dénoûment de cette aventure.

Le bon caissier, qui avait enfin terminé la vente de ses biens et en avait reçu le montant, ne perdit pas un instant pour revenir à Paris. Il fut arrêté à la frontière, conduit, à son arrivée, chez un juge d'instruction, qui lui communiqua l'accusation qui pesait sur lui. Le brave caissier raconta franchement toutes les circonstances qui lui donnaient l'apparence d'un coupable, la vente de ses biens en Belgique, et l'argent qu'il rapportait pour couvrir le déficit de sa caisse.

Le juge, convaincu de son innocence, fit un rapport favorable qui fut transmis à son ministre. Comme ce caissier jouissait de l'estime générale, le ministre, en le blâmant néanmoins de son imprudente confiance, lui pardonna. Il reprit sa place, au grand contentement de ses collègues, et réintégra dans la caisse la somme qui avait été distraite.

Le jeune employé, bien entendu, fut immédiatement mis en liberté.

Ces excellentes nouvelles hâtèrent la guérison de Marguerite, qui, après une leçon si terrible, ne fut plus *curieuse* ni *indiscrète*.

SIXIÈME JOURNÉE

Madame de Verteuil avait une tante, sœur de M. de Clermont, son père, qui vivait à la campagne. Cette vieille demoiselle, imbue de préjugés, était ennemie de toute innovation, de toute perfection; rien n'était bien, à ses yeux, que ce que l'on faisait dans son temps, et, chez elle, on ne suivait que les anciens usages. Elle avait en horreur les chemins de fer, la correspondance électrique, le gaz, les omnibus, etc., etc.

Jamais elle n'avait été d'accord avec son frère, homme de science, d'esprit, de goût, ami du progrès, des lumières, et surtout passionné pour l'art de la mécanique, qui est de nos jours arrivé à un si haut degré de perfection. Mademoiselle de Clermont s'était brouillée avec lui à l'époque où il avait rapporté de l'Allemagne la poupée parlante, en lui reprochant de s'être mis en rapport avec le diable.

Après la mort de M. de Clermont, elle s'était rapprochée de sa nièce, avec la conviction que la poupée, conservée par madame de Verteuil, avait perdu pour toujours la parole.

Un jour, madame de Verteuil reçut de sa tante la lettre suivante :

« Ma chère nièce,

« D'après ce qu'on vient de me dire, je devrais garder le silence et ne pas vous rappeler que le jour de ma fête est prochain; mais mon amitié pour vous l'emporte sur ma juste colère. J'ai appris avec la plus vive indignation que la poupée diabolique que mon fou de frère vous avait rapportée de l'Allemagne et que vous avez conservée précieusement; j'ai appris, dis-je, que ce monstre avait recouvré la parole, et que vous en faisiez avec orgueil vos délices. Est-ce que vous avez contracté alliance avec un nouveau sorcier pour faire sortir de l'enfer une semblable horreur? S'il en est ainsi, comme je suis forcée de le croire, vous pouvez vous dispenser de venir, à moins que vous ne m'apportiez les débris de cette mijaurée, que vous briserez au reçu de cette lettre. C'est ma formelle condition, ou bien, ma très-chère nièce, brouillées à jamais.

« E. de Clermont. »

Madame de Verteuil, non surprise mais affligée en recevant cette lettre qui lui rappelait les anciennes querelles de sa tante avec son père, lui répondit d'une manière évasive qu'elle se rendrait à sa campagne, et qu'elle espérait la satisfaire et être d'accord avec elle. Elle ne parla pas à ses filles de l'exigence tyrannique de sa tante, et continua de recevoir tous les dimanches les visites que Bébée attirait.

Un dimanche matin, madame de Verteuil reçut la visite d'une de ses amies, accompagnée d'une dame qui avait entendu dire des merveilles de Bébée. Elle venait supplier madame de Verteuil de vouloir bien faire corriger sa fille par l'intelligente poupée. Cette jeune fille, nommée Clara, était si bavarde qu'il était impossible de placer un mot sitôt qu'elle ouvrait la bouche. Madame de Verteuil accueillit cette dame avec sa bonté ordinaire, et l'engagea d'amener ce jour-là même mademoiselle Clara.

A l'heure de la réunion, la plus grande partie des jeunes filles qui étaient arrivées entouraient Bébée et la comblaient de caresses. Cette aimable poupée les prit à part et leur dit à chacune quelques mots tout bas; les unes souriaient, les autres riaient aux éclats. « Surtout, leur dit-elle, ce que je vous recommande, mesdemoiselles, c'est de procéder par ordre. Adèle commencera la première. » A ce moment, la dame qui était venue le matin entra avec sa fille Clara, que madame de Verteuil présenta aux jeunes amies et à Bébée.

La jeune bavarde.

CLARA, *embrassant Bébée.*

Ma chère Bébée, je vous connais de réputation, et j'ai appris que vous saviez de bien jolies histoires; mais je vous déclare que je puis jouter avec vous, car j'en invente à volonté. Écoutez donc, mesdemoiselles, une petite aventure qui m'est justement arrivée hier soir.

« J'étais allée voir une de mes amies, accompagnée de ma bonne, et le plaisir que j'avais fait éprouver à tout le monde avec une histoire de mon invention, nous avait attardées. Arrivées à l'entrée d'un carrefour, nous nous trouvâmes face à face avec....

ADÈLE, *l'interrompant.*

C'est bien singulier, votre histoire ressemble tout à fait à celle qui m'est arrivée il y a....

CLARA.

Laissez-moi continuer, je vous prie. « Nous nous trouvâmes....

MARIE.

Quand vous êtes entrée, j'allais commencer une petite histoire qui est très-courte; nous vous écouterons après.

CLARA.

Je serai moins longue que vous, puisque j'ai commencé.

SOPHIE.

Permettez-moi de vous faire observer que vous parlez toujours et que vous ne laissez parler personne.

CLARA.

Comment, je parle toujours! mais je n'ai encore rien dit.

CÉCILE.

Par exemple! je n'ai entendu que vous depuis que vous êtes entrée.

CLARA.

La preuve que je n'ai encore rien dit, c'est que je continue mon aventure. «Nous nous trouvâmes donc face à face avec....

AMANDA.

Nous, nous sommes face à face avec une histoire qui ne finit pas; sa longueur m'assomme.

CLARA.

Sa longueur? mais à peine si elle est entamée.

CLÉMENTINE.

Alors, nous en aurons jusqu'à demain matin.

ADÈLE.

Moi, je suis tout oreilles; mais permettez-moi de vous dire franchement que votre histoire n'est pas du tout amusante.

CLARA.

Pour la juger, il me semble qu'il faut la connaître, et vous ne la connaissez pas. « Nous nous trouvâmes face à face avec un homme qui était ivre ; ma bonne jeta un....

MARIE.

Je n'aime pas les ivrognes, ils me font une peur effroyable.

CLARA.

C'est justement ce que j'allais vous dire. « Ma bonne jeta un cri de frayeur qui....

CÉCILE.

On avait bien raison de dire que votre histoire serait longue ; on aurait dû ajouter qu'elle serait très-ennuyeuse.

CLARA.

Je vous répondrai ce que j'ai déjà dit : ennuyeuse ou non, vous ne pouvez la juger sans l'avoir entendue.

AMANDA.

Nous la connaissons assez, puisque nous la trouvons insupportable.

CLARA.

Je ne vous écoute plus, et je continue : « Cet homme fit peur à ma bonne, qui jeta un cri et voulut s'enfuir ; mais je la retins fortement, et....

MARIE.

Moi, je me bouche les oreilles tant cette histoire me fait bâiller.

CLARA

Liberté tout entière. (A une jeune fille qui n'a encore rien dit.) Tenez, mademoiselle, vous me paraissez plus raisonnable que vos amies, je vais la continuer pour vous seule. (La jeune fille ne dit pas un mot.) Bon, je vois que cela vous fait plaisir. Je n'aime pas parler toujours; mais quand je parle, je suis bien aise qu'on m'écoute. Vous êtes de même, n'est-ce pas?... Vous avez bien raison de m'approuver, et vous blâmez, j'en suis certaine, l'impolitesse de ces demoiselles. Je suis bien contente que vous soyez de mon avis, et je vous trouve beaucoup d'esprit.

(Toutes les jeunes filles éclatent de rire.)

CLARA, *piquée.*

Vous riez, mesdemoiselles, sans savoir pourquoi; car, enfin, cette aimable personne s'exprime avec beaucoup de raison, vous ne pouvez le nier.

(Les jeunes filles rient plus fort.)

CLARA, *à la jeune fille.*

Écoutez donc la fin de mon histoire. « Cet homme, comme nous étions près de notre maison, mit la main dans la poche du tablier de ma bonne et lui prit une grosse bourse.—Plaît-il? Vous me demandez si elle était pleine d'argent? Non, ma chère; et voici le plaisant de mon aventure, c'est que cette bourse était remplie de jetons en cuivre; de sorte que c'est le voleur qui a été volé. J'en ai bien ri en rentrant à la maison, et je suis étonnée de ne pas vous voir rire comme moi. »

(Toutes les jeunes filles rient plus fort en se tenant les côtes.)

CLARA, *très-piquée.*

En vérité, mesdemoiselles, je trouve votre gaieté ridicule et très-déplacée; vous seriez bien embarrassées de m'en expliquer la cause.

ADÈLE.

Bébée seule peut vous donner cette explication.

CLARA.

Vous m'obligerez beaucoup, ma bonne Bébée, si vous voulez avoir cette complaisance.

BÉBÉE.

Nous avons appris, ma chère Clara, que vous aviez la manie de vouloir toujours parler; on dit même dans le monde, un peu brutalement, que vous êtes très-bavarde.

CLARA.

Peut-on faire un pareil mensonge!

BÉBÉE.

A tort ou à raison, vous avez cette réputation, comme on m'a fait celle de corriger les jeunes filles de leurs défauts. En m'apprenant ces particularités, on m'a dit que je rendrais service à madame votre mère, si je parvenais à vous faire comprendre combien le défaut de trop parler est insupportable. Ayant su, ce matin, que nous aurions le plaisir de vous voir, je dis plaisir, car, à part le ridicule qu'on vous reproche, je sais que vous possédez de grandes qualités. Ayant beaucoup d'esprit, il peut vous être agréable de vous faire écouter; mais vous avouerez qu'entendre toujours la même personne qui, sans le vouloir, se répète, cela n'est pas fort agréable.

CLARA.

A vous entendre, on dirait qu'il n'y a que moi qui prends la parole.

BÉBÉE.

Cette réputation de parleuse éternelle a fait naître dans mon esprit le projet d'un petit complot que nous avons mis, ces demoiselles et moi, à exécution. Il consistait tout simplement à vous couper la parole chaque fois que vous ouvririez la bouche; c'est ce qui a été exécuté à votre grand déplaisir. Ne pouvant vous faire entendre par ces demoiselles, vous vous êtes rejetée sur la seule qui n'avait rien dit, espérant trouver un auditeur docile, ce qui a fait rire vos nouvelles compagnes; les rires ont redoublé quand vous lui avez dit qu'elle s'exprimait avec beaucoup d'esprit.

CLARA.

Je ne vois pas ce que cela avait de risible.

BÉBÉE.

Je vais vous le dire, et vous rirez peut-être comme elles. Cette jeune fille n'a rien entendu de votre histoire et n'a pu répondre à vos questions, par une raison bien simple : elle est sourde et muette.

(Grands éclats de rire des jeunes filles.)

Clara, confuse, humiliée, se jette dans les bras de sa mère, qui l'embrasse et la ramène près de Bébée.

BÉBÉE, *avec douceur*.

J'espère, mon aimable Clara, qu'avec l'esprit et la raison que vous possédez, vous nous pardonnerez, à moi et à vos nouvelles amies, notre petite espièglerie, et je serai très-heureuse si cette leçon vous profite. Elle vous profitera certainement, si vous voulez vous souvenir de ce vieux dicton : « Dieu a fait aux humains une bouche et deux oreilles, afin de « leur faire comprendre qu'il faut plus écouter que parler. »

CLARA, *à sa maman*.

Que penses-tu, chère maman, de ce que vient de me dire la spirituelle Bébée ?

LA MAMAN.

Je pense que Bébée étant la raison personnifiée, sa leçon doit éclairer ton esprit et que ton cœur fera le reste.

CLARA.

Je ne veux pas faire de l'orgueil et me révolter contre ce que ma raison me force d'approuver. Je vous remercie donc, ma chère Bébée, ainsi que toutes ces demoiselles. J'avoue, à ma honte, que si vous m'aviez laissée parler, je parlerais encore. J'accepte avec reconnaissance cette salutaire leçon, et désormais je prendrai pour écouter tout le temps que j'employais à parler.

Toutes les dames embrassèrent Clara et lui firent des compliments sur sa conversion; quant à sa mère, elle fut au comble de la joie.

Marie, toujours empressée de danser, emmena tumultueusement les jeunes filles dans le jardin, et Bébée chanta avec sa complaisance ordinaire la ronde suivante :

LE CHEVALIER DU ROI

Qu'est-ce qui passe ici si tard!
Compagnon de la marjolaine.
Qu'est-ce qui passe ici si tard?
Dessus le quai.

C'est le chevalier du roi,
Compagnon de la marjolaine.
C'est le chevalier du roi,
Dessus le quai.

Que demande le chevalier?
Compagnon de la marjolaine.
Que demande le chevalier?
Dessus le quai.

Une fille à marier,
Compagnon de la marjolaine.
Une fille à marier,
Dessus le quai.

N'y a pas d' fille à marier,
Compagnon de la marjolaine.
N'y a pas de fille à marier,
Dessus le quai.

On m'a dit qu' vous en aviez,
Compagnon de la marjolaine.
On m'a dit qu' vous en aviez,
Dessus le quai.

Ceux qui l'ont dit s' sont trompés,
Compagnon de la marjolaine.
Ceux qui l'ont dit s' sont trompés,
Dessus le quai.

Je veux que vous m'en donniez,
Compagnon de la marjolaine.
Je veux que vous m'en donniez,
Dessus le quai.

Sur les onze heures repassez,
Compagnon de la marjolaine.
Sur les onze heures repassez,
Dessus le quai.

Les onze heures sont bien passées,
Compagnon de la marjolaine,
Les onze heures sont bien passées,
Dessus le quai.

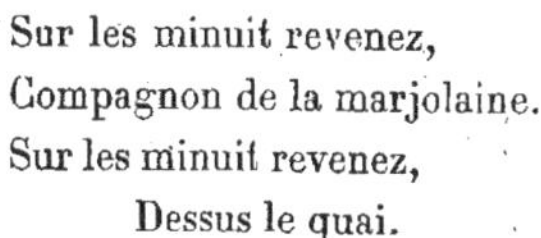

Sur les minuit revenez,
Compagnon de la marjolaine.
Sur les minuit revenez,
Dessus le quai.

Voilà les minuit sonnés,
Compagnon de la marjolaine.
Voilà les minuit sonnés
Dessus le quai.

Mais nos filles sont couchées,
Compagnon de la marjolaine.
Mais nos filles sont couchées,
Dessus le quai.

SEPTIÈME JOURNÉE

ANS la réunion de ce jour, une des jeunes visiteuses habituelles se plaignit en entrant d'avoir été retardée par une pauvre femme entourée d'enfants, qui lui demandait l'aumône.

— J'ai la tête cassée, dit-elle, de leurs criailleries; à parler franchement, je n'aime pas beaucoup les enfants, surtout quand ils sont petits, car ils sont insupportables.

— Mademoiselle, lui dit madame de Verteuil, si, dans votre enfance, madame votre mère avait pensé comme vous, elle n'aurait pas eu, avec une patience admirable, tous les soins que réclamait votre faiblesse, car vous étiez très-délicate et elle passait, avec une bonté rare, jour et nuit près de vous.

— Oh! c'est bien différent, madame, maman n'avait que moi.

— Raison de plus pour avoir pitié des enfants de cette pauvre femme, qui, par sa pauvreté, n'a pas le loisir de prévenir leurs besoins, ce qui, à coup sûr, occasionnait les cris de ces enfants. Je me souviens que Bébée a en provision dans sa mémoire une histoire un peu sérieuse, qui vous fera

voir que la bonté du cœur et l'humanité trouvent leur récompense à la suite d'une bonne action.

Bébée s'empressa de se rendre au désir de sa maman Clémence et raconta l'histoire suivante.

Les bonnes petites filles.

La bonté se montre dans tous les instants de la vie, dans tous les mouvements et dans tous les traits du visage. Elle n'est pas susceptible de haine, et ce serait un effort pénible pour elle que de souhaiter du mal, même aux méchants.

La bonté se montre aussi dans la tendre enfance et la jeunesse a généralement le cœur généreux.

Madame Lambert, dont le mari était en voyage, habitait, avec ses deux filles, aux environs de Paris, une charmante maison de campagne bâtie entre cour et jardin. Ce dernier était magnifique et rendait ce séjour on ne peut plus agréable aux jeunes Félicité et Madeleine.

Madame Lambert qui était très-bonne, leur donnait la liberté de courir seules dans le jardin; c'était leur récréation habituelle quan elles avaient bien travaillé avec leur institutrice.

Un jour qu'elles avaient couru comme de petites folles, elles furent obligées de se reposer sur un banc qui était au fond du jardin près de la porte de sortie qui donnait sur les champs.

Leur conversation s'engagea sur les petits enfants. Elles avaient l'occasion d'en voir souvent dans les chaumières visitées par madame Lambert, qui était pour le village une sorte de providence, car elle répandait ses bienfaits partout.

L'amitié qu'on témoigne aux enfants est toujours la marque d'un bon cœur, et ces deux jeunes filles étaient excellentes.

FÉLICITÉ.

Te rappelles-tu, ma sœur, la petite Marianne qui mangeait si bien la bouillie que la bonne femme Simon lui donnait à grandes cuillerées?

MADELEINE.

Si je me la rappelle! je le crois bien; comme elle est gentille, et comme elle nous tend les bras quand nous entrons chez sa mère.

FÉLICITÉ.

C'est un petit ange, et je l'aime comme si c'était ma sœur.

MADELEINE.

Je serais bien heureuse si maman avait encore une petite fille aussi gentille. Je vais lui dire en rentrant qu'il faut absolument qu'elle nous en donne une.

Dans ce moment, une femme qui était derrière le mur dit en sanglotant : « C'est décidé, je suis trop malheureuse! »

En entendant cette plainte douloureuse, les jeunes filles furent un peu effrayées.

— Mesdemoiselles, continua cette femme, votre langage dénote un bon cœur; je m'adresse donc à vous en toute confiance. Chargez-vous, mes bonnes demoiselles, de mon malheureux enfant que la misère me force d'abandonner. J'aurai la consolation, dans ma cruelle douleur, de savoir que ma petite fille a trouvé des âmes charitables.

Ces jeunes demoiselles restèrent un moment interdites et incertaines, elles s'approchèrent de la porte et s'aperçurent que, contre l'usage, la clef était restée dans la serrure, elles ouvrirent aussitôt et virent, près de la

9

porte, sur le gazon, un enfant emmailloté. Félicité le prit dans ses bras et chercha des yeux, ainsi que sa sœur, ce qu'était devenue la pauvre mère. Elles l'aperçurent près du bois, à genoux, et leur tendant les bras comme pour implorer encore leur pitié pour son malheureux enfant, puis elle disparut sous les arbres.

Que faire de cet enfant qui leur souriait si gentiment? Elles coururent au plus vite vers leur mère, qui fut bien étonnée de voir un enfant dans leurs bras, et plus encore quand elle apprit la circonstance qui les avait mises en possession de cette petite fille.

Félicité et Madeleine supplièrent madame Lambert de garder cet enfant et de leur permettre de l'élever elles-mêmes. Cette dame leur fit observer, avec raison, qu'une nourrice lui serait plus utile. Félicité fit remarquer à sa mère qu'un biberon était attaché au maillot, ce qui indiquait que l'enfant s'élevait par ce moyen.

ELEINE.

Oh! ma chère maman, garde-le, je t'en prie. C'est notre petit enfant, c'est à nous que sa maman l'a confié, laisse-nous la remplacer. Nous serons si heureuses d'être ses petites mères. Je t'assure qu'à partir d'aujourd'hui, je renonce à ma poupée pour ne m'occuper que de notre petite fille.

Madame Lambert ne put résister au désir de ses enfants. Il fut convenu que l'enfant serait élevé dans la maison. Madame Lambert, il faut le dire, était heureuse de voir dans ses filles cette humanité précoce. Il fut d'abord décidé que l'enfant serait baptisé et porterait le nom de Félicité-Madeleine Delaporte, qui rappellerait l'endroit où il avait été trouvé.

Cet enfant vint à merveille et ses petites mamans abandonnaient tous les jeux pour leur bienfaisante occupation. C'était un plaisir de les voir, attentives, l'œil aux aguets, suivre ses moindres mouvements, cherchant tout ce qui pouvait lui être utile ou l'amuser, lui donnant enfin tous les soins d'une bonne mère. Il fallait voir leurs angoisses, leur chagrin, quand la pauvre petite pleurait, cherchant à deviner ce qui la faisait souffrir et n'en trouvant pas la cause. Mais quelle joie quand les cris cessaient et que l'enfant se calmait, comme elles étaient heureuses quand elles le voyaient sourire.

Cette petite fille devint grandelette; elles se firent alors ses institutrices, lui apprirent à lire et à écrire. Elles avaient rarement l'occasion de la gronder; car cette jolie enfant était la douceur même.

Il y avait déjà plus de six ans qu'elles avaient cette petite fille, quand un jour madame Lambert, qui habitait pendant l'hiver sa maison à Paris, reçut la visite d'une dame tout habillée de noir. Son visage, pâle et sillonné de rides prématurées, avait un grand air de distinction.

Après les politesses d'usage, madame Lambert lui demanda ce qui lui procurait l'honneur de sa visite.

Cette dame, en sanglotant, se jeta à ses genoux en lui baisant les mains.

Madame Lambert étonnée, surprise de cette action, la releva vivement et lui dit :

— Que faites-vous, madame, et que veut dire ceci ?

— Vous voyez, madame, la plus malheureuse, et j'espère aujourd'hui, la plus heureuse des mères, et je ne saurais trop vous témoigner ma vive et profonde reconnaissance pour votre généreuse action et celle de vos excellentes filles.

— En vérité, madame, je ne comprends rien à ce que vous me dites ; daignez vous expliquer.

— Je suis la malheureuse femme que la misère a forcée d'abandonner lâchement son enfant à la porte du jardin de votre maison de campagne. J'avais totalement perdu la tête.

— Comment, c'est vous, madame, qui avez eu le cruel courage d'abandonner votre enfant, et vous osez me le dire. Vous n'êtes pas une mère, madame.

— Je mérite vos reproches, mais je le répète j'avais perdu la tête ; néanmoins, dans ce moment fatal, j'avais conservé assez de raison pour ne pas perdre un mot de l'entretien de vos jeunes demoiselles, étant

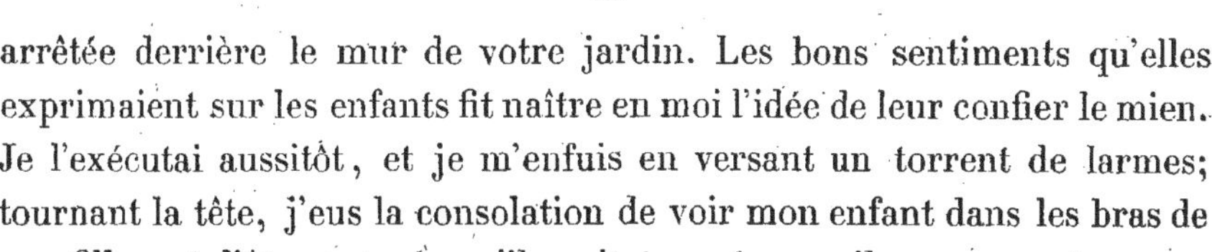

arrêtée derrière le mur de votre jardin. Les bons sentiments qu'elles exprimaient sur les enfants fit naître en moi l'idée de leur confier le mien. Je l'exécutai aussitôt, et je m'enfuis en versant un torrent de larmes; tournant la tête, j'eus la consolation de voir mon enfant dans les bras de vos filles, et d'être assurée qu'il avait trouvé un asile.

— Mais, madame, vous ne me dites pas le motif qui vous fit prendre une résolution si fatale.

— Épouse d'un Polonais, mon mari était le meilleur des hommes et j'étais la plus heureuse des femmes; mais vous le savez, madame, la Pologne est sous le joug de la Russie. Ardent patriote, mon mari fut compromis dans une affaire politique, il allait être arrêté quand il fut prévenu par un ami, et n'eut que le temps de quitter son pays avec moi et ma petite fille que j'allaitais. Il se dirigea vers Paris avec l'espérance d'y trouver un de ses compatriotes. Nous fîmes le trajet bien tristement et pour comble de malheur mon mari, qui était délicat, tomba gravement malade à notre arrivée. J'épuisai toutes nos ressources pour le soigner et fus même obligée de vendre une grande partie de nos effets. Le mal s'aggravait et un jour le maître de l'hôtel, en me présentant sa note, me déclara qu'il ne pouvait garder un malade chez lui sans faire tort à sa maison. J'eus beaucoup de peine à payer cette note, et je fus obligée de faire transporter mon mari à l'hospice où il termina sa malheureuse vie.

Les bonnes sœurs de charité eurent pitié de moi pendant plusieurs jours; elles m'aidaient à nourrir mon enfant au biberon, n'ayant plus de lait à lui donner. Je repris quelque courage pour mon enfant et fus voir le compatriote de mon mari qui, lui-même exilé, ne put m'offrir que des consolations verbales. Il me parla d'une famille anglaise qui avait besoin d'une gouvernante et m'engagea à revenir le lendemain.

La place m'était accordée, mais à la condition que j'entrerais seule; cette famille venait de perdre un enfant en bas âge, et la vue d'un autre renouvellerait leur douleur. L'idée de me séparer de ma fille me fit refuser cette place; mais cet homme, qui était positif, me fit observer que

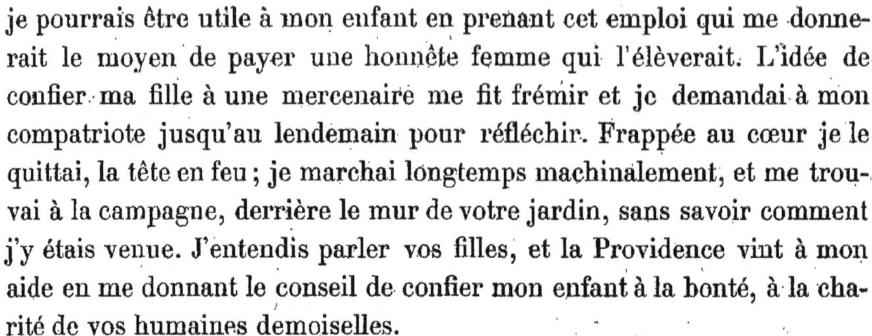

je pourrais être utile à mon enfant en prenant cet emploi qui me donnerait le moyen de payer une honnête femme qui l'élèverait. L'idée de confier ma fille à une mercenaire me fit frémir et je demandai à mon compatriote jusqu'au lendemain pour réfléchir. Frappée au cœur je le quittai, la tête en feu ; je marchai longtemps machinalement, et me trouvai à la campagne, derrière le mur de votre jardin, sans savoir comment j'y étais venue. J'entendis parler vos filles, et la Providence vint à mon aide en me donnant le conseil de confier mon enfant à la bonté, à la charité de vos humaines demoiselles.

Le lendemain j'entrai dans la maison de cette famille anglaise qui partit immédiatement de Paris. Nous voyageâmes beaucoup et nous demeurâmes en Orient pendant plusieurs années. L'image de ma fille me suivait partout. Je la voyais heureuse auprès de vos filles et j'étais contente. Quelquefois il me venait dans l'idée que vous l'aviez repoussée, alors mon imagination exaltée me la représentait malheureuse, manquant de tout, et ce qui était affreux à penser, je la voyais morte ! C'est ainsi que j'ai vécu depuis que je l'ai quittée. En arrivant à Paris, j'ai pu retrouver votre campagne, où j'ai appris tout ce que vous avez fait pour elle et je vous demande à genoux de la mettre dans mes bras.

— Votre récit m'a attendrie et votre véracité ne me paraît pas douteuse. Cependant, madame, avant de me séparer de votre fille, qui est devenue en quelque sorte la mienne, je veux être certaine de la rendre à sa véritable mère, mais rien de matériel ne me prouve que vous l'êtes, et cependant si vous l'êtes, vous devez avoir cette preuve.

— Voici, madame, un fragment de chemise que j'ai déchiré à celle que portait ma fille, où se trouve une lettre de la marque, et je pense que vous avez dû conserver cette petite chemise qui porte l'autre lettre.

A cette preuve palpable, madame Lambert n'eut plus aucun doute, et fit aussitôt venir Félicité, Madeleine et la petite Delaporte. Il est impossible d'exprimer avec qu'elle tendresse la mère embrassa son enfant, elle riait et pleurait en même temps et ne cessait de la presser sur son cœur avec une sorte de frénésie. Elle finit par se calmer et retourna ses tendresses sur Félicité et Madeleine, elle était folle de bonheur. La petite Delaporte, qu'on avait souvent entretenue de sa mère, se prit d'une grande amitié pour elle. Néanmoins ses affections étaient plus marquées pour Félicité et Madeleine, qu'elle appela toujours ses petites mamans.

Lorsque Bébée eut terminé, la jeune fille, qui avait fait la méchante pour se donner de l'importance, convint qu'il valait mieux être bonne qu'indifférente, et qu'elle profiterait de l'histoire de Bébée pour ne plus fausser son caractère.

Marie, qui avait trouvé l'histoire un peu sérieuse et un peu longue, s'empressa d'emmener toutes ses amies dans le jardin afin de s'amuser, et à la fin de la journée Bébée chanta la ronde de Polichinelle.

POLICHINELLE

Pan, pan, qu'est-ce qu'est là?
C'est Polichinelle,
Mam'selle.
Pan, pan, qu'est-ce qu'est là?
C'est Polichinelle
Que v'là.

Il n'est pas
Bien fait,
Mais il espère
Vous plaire,
Ouvrez, s'il vous plaît,
Vous entendrez son caquet.

Pan, pan, qu'est-ce qu'est là?
C'est Polichinelle,
Mam'selle.
Pan, pan, qu'est-ce qu'est là?
C'est Polichinelle
Que v'là.

Joyeux
En tous lieux,
Toujours en cadence,
Il danse,
Marquant à propos
La m'sure avec ses sabots.

Pan, pan, qu'est-ce qu'est là?
C'est Polichelle,
Mam'selle.
Pan, pan, qu'est-ce qu'est là?
C'est Polichinelle
Que v'là.

Chez lui
Point d'ennui,
Sans négoce
Il roule sa bosse,
Il se moque des sots
Et s' promène en f'sant le gros dos.

Pan, pan, qu'est-ce qu'est là?
C'est Polichinelle,
Mam'selle.
Pan, pan, qu'est-ce qu'est là?
C'est Polichinelle
Que v'là.

Enfants
P'tits et grands,
Il aspire
A vous faire rire,
Disant : Jeunes et vieux,
Quand on rit, on est heureux.

Pan, pan, qu'est-ce qu'est là?
C'est Polichinelle,
Mam'selle.
Pan, pan, qu'est-ce qu'est là?
C'est Polichinelle
Que v'là.

CATASTROPHE

CONCLUSION

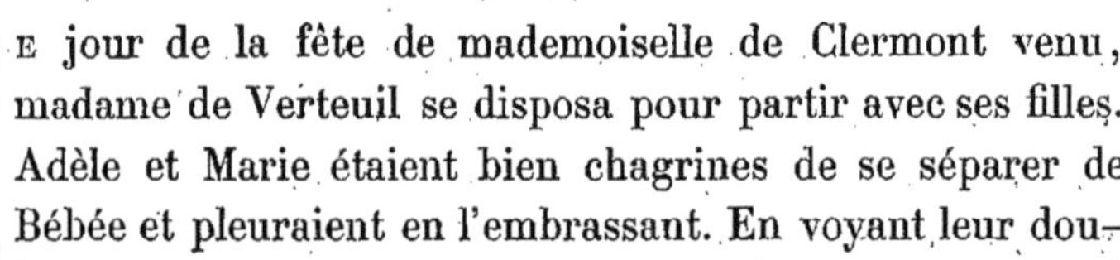

Le jour de la fête de mademoiselle de Clermont venu, madame de Verteuil se disposa pour partir avec ses filles. Adèle et Marie étaient bien chagrines de se séparer de Bébée et pleuraient en l'embrassant. En voyant leur douleur, on aurait cru qu'elles la quittaient pour toujours. Madame de Verteuil leur fit observer qu'elles n'étaient pas raisonnables, qu'une journée était bientôt passée. Malgré l'observation de leur mère, elles montèrent en voiture les larmes aux yeux. Madame de Verteuil recommanda particulièrement à sa vieille gouvernante la charmante Bébée, et la voiture partit.

Mademoiselle de Clermont reçut ses parentes avec amitié; puis, quand elle fut seule avec sa nièce, elle lui demanda la réponse à sa lettre. Madame de Verteuil lui dit en souriant : « Ne nous occupons, ma chère tante, que du plaisir d'être ensemble, du bonheur que j'ai de vous souhaiter une heureuse fête et de vous voir en si bonne santé. J'ai bien réfléchi sur votre désir, et ce soir, avant notre départ, j'espère vous faire approuver ce que j'ai résolu de faire pour vous être agréable, et je suis convaincue que nous serons d'accord. »

La journée se passa très-agréablement, et les jeunes filles oublièrent un peu Bébée au milieu des plaisirs que leur procurait la campagne.

Le soir, au moment de se quitter, mademoiselle de Clermont réclama la promesse de sa nièce, et lui demanda en définitive ce qu'elle voulait faire de son petit monstre. Madame de Verteuil épuisa les raisons les plus puissantes pour lui persuader que, loin d'être une invention diabolique, ce chef-d'œuvre était le résultat d'une science arrivée à son plus haut degré de perfection, et que ce serait une véritable barbarie de détruire une œuvre aussi parfaite. Ces arguments ne purent obtenir grâce devant mademoiselle de Clermont; elle fut inexorable et exigea le sacrifice de Bébée. Madame de Verteuil se refusa positivement, mais avec douceur et respect, à cette exigence injuste. Mademoiselle de Clermont, furieuse, la pria durement de ne plus mettre les pieds chez elle. Elles se quittèrent donc à jamais brouillées. Madame de Verteuil ne se sépara pas de sa tante sans une certaine émotion; mais comme l'opiniâtreté de cette dame avait été impossible à vaincre, elle en prit son parti, avec l'espoir que le temps la calmerait et la rendrait plus raisonnable.

Pendant le retour, il se passait un cruel événement chez elle. La bonne gouvernante, qui avait couché Bébée avec précaution, voulut, avant de la quitter, faire une dernière visite dans la chambre et s'assurer que tout était en ordre. Elle prit donc un flambeau, et, s'approchant du lit de Bébée qui dormait, elle se baissa pour border le lit et posa son flambeau à terre, sans faire attention au rideau, qui s'enflamma subitement. Cette clarté effraya tellement la bonne femme qu'elle perdit la tête et prit la fuite; au lieu de songer au danger que courait Bébée, elle n'eut que le sentiment de sa conservation et sortit de la chambre en criant : « Au feu! au feu! » Plusieurs domestiques arrivèrent, s'en rendirent maîtres, et coururent vers le lit pour sauver Bébée; mais il était trop tard. Atteinte par le feu, elle s'était jetée à terre pour prendre la fuite. Les domestiques la trouvèrent se débattant encore avec énergie. A ce moment, elle poussa un cri surnaturel et métallique, et tous les ressorts se détendirent à la fois.

C'en était fait; la Poupée parlante avait cessé d'exister! Les pauvres domestiques furent frappés de stupeur, surtout en entendant rentrer la voiture de madame de Verteuil. Ils descendirent d'un air consterné au-devant de leur maîtresse. En les voyant ainsi, elle eut le pressentiment d'un malheur et les questionna. Tous gardèrent un morne silence. Elle insista vivement. Un vieux domestique eut le courage de lui annoncer cette catastrophe et la perte irréparable de Bébée. Il est impossible de peindre les regrets de madame de Verteuil et le véritable désespoir de ses deux filles. Elles n'osaient pas entrer dans la chambre de Bébée; elles en eurent enfin le courage. Adèle et Marie jetèrent des cris affreux et eurent presque des attaques de nerfs. Madame de Verteuil employa toute son éloquence, non pour les consoler, la douleur était trop vive, mais pour les calmer. Elle fit porter les restes informes de Bébée dans l'armoire de sa chambre.

Depuis ce moment, on ne vit plus dans le monde de poupée ayant la faculté de parler; l'habile mécanicien étant mort, n'avait laissé son secret à personne.

Quelque temps après ces événements, madame de Verteuil trouva, dans un petit meuble appartenant à Bébée, un rouleau de papier sur lequel était écrit en gros caractères : MÉMOIRES ET SOUVENIRS DE LA POUPÉE PARLANTE.

6 avril

TABLE

BIBLIOTHÈQUE IMPÉRIALE IMPR.

www.ingramcontent.com/pod-product-compliance
Ingram Content Group UK Ltd.
Pitfield, Milton Keynes, MK11 3LW, UK
UKHW021600260726
13993UKWH00002B/957